鱼猎

Fish Hunting

史迈———

著

湖南文艺出版社
HUNAN LITERATURE AND ART PUBLISHING HOUSE

博集天卷
CS-BOOKY

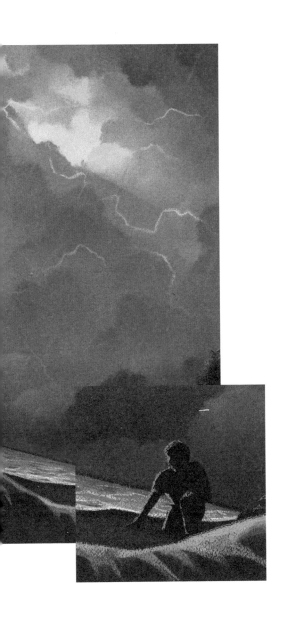

倘若我们一出生便幸福、被爱、被保护，
这一切是否就不会发生？

鱼
猎

俞静，你还没想明白吗？
你的命跟何器的命生下来就不一样，
你的人生有什么好可惜的？

鱼

猎

Chapter 01
第一章

Chapter 02

第二章

Chapter 03

第三章

Chapter 04

第四章

Chapter 05
第五章

鱼猎，通"渔猎"

谓捕鱼，谓贪色

谓窃取，谓掠夺

楔子

2003年，中国癸未（羊）年。

街道上掺杂着红色鞭炮屑的脏雪还未化完，"非典"暴发了。

平时十块钱一包的板蓝根涨到了四十，五块钱一瓶的白醋几乎一天翻一倍。

白醋涨到八十块钱一瓶的时候，与盐洋市相隔不远的两座渔村出生了两个女孩。

大泉港的名叫何器，俞家台的名叫俞静，两人前后相差一周。

羊年出生的女孩命苦。

这个说法最早好像是从清朝开始的。尽管没有什么依据，但信者众多，尤其是在盐洋这种比较封闭的北方小城。

村里的老人出于好心，说三月出生的孩子反而有福气，因为惊蛰过后，万物复生，所以一辈子总能逢凶化吉，平安顺遂。

可惜的是，老人说错了。

2020 年 7 月，何器参加完高中毕业聚会后失踪。三天后，沿岸横七竖八的消波块随着退潮裸露出来，去岩石上耙海蛎子肉的渔民在那里发现了她。

何器静静地趴在一块岩石上，尖锐粗砺的贝壳把她的四肢剐出一道道苍白的口子，拇指大的螃蟹在她的发丝中钻来钻去。那条昂贵的墨绿色长裙沾满泥沙，缠绕在一堆乱蓬蓬的海藻里。

她垂在沙滩上的右手随着海浪轻轻摆动，远远看上去，像是在玩水。

Chapter 01

第一章

鱼

猎

01.
黑鱼

你就别在这儿给我装了！老子他妈的一天到晚够累的了！你再在这儿
装神弄鬼……

冬天的海边很少见到乌鸦了。

老俞盯着灰藻色的海面发愁。潮水还在涨，海浪每吞吐一次
白沫，沙岸上就多一些泡沫垃圾，见不到一星点死贝烂虾。而且
临近年关，码头上的人空前地多，鸟就更不敢来了。

要是再找不到乌鸦，俞静就真醒不过来了。

老俞脸上的褶子被海风吹成一张粗糙的渔网。他把尖头的卷
烟一口嘬到底，弹进海里，起身打了个电话。

一天前老俞独自出海，想多打点海货卖了过年。这几年休渔
期越来越长，很多渔民养不起大船，都被驰航水产低价买走，等
休渔期一过，开了海，又转头高价租给渔民。像自家这种几十马

力的老破渔船没有水产公司愿意收，老俞也不舍得卖。他想，多出几趟海，养活一家子也没问题。

往前退二十年，那是大海和老俞的鼎盛期，俞家台大小渔船加起来有上百条，老俞一米九的个子，身强力壮，熬几个大夜都没问题。跟村里的老少爷们出趟海，每回都是满舱而归，隔三岔五就能打上一条几十公斤重的大鱼。哪儿像现在，出一次海，拉回来的全是一些小鱼小虾，堆地上都没人踩。

这次也一样。老俞一天一夜没合眼，脸上沾满了细小的鱼鳞，浑身腥臭，手指头冻得伸不直，就捞了几十斤的东西，空碎贝壳占了一半，渔网也在打盹的时候被暗礁拉破了。

前两天，帮工的大飞辞了职，去驰航水产当捡鱼工，说那里能交五险一金。现在愿意出海的年轻人越来越少，挣不到钱是一个原因，还有就是风吹日晒，一年到头在海上漂着见不着人，一不小心就会打一辈子光棍。大飞一走，老俞一时半会儿找不着人顶替，网破了也只能自己补。潮要落了，他心烦意乱，只想赶紧回家蒙头睡一觉。

老俞开动了马达，震得海面哗啦作响。突然，一条大黑头鱼蹦上了他的船，把船舱砸得噼里啪啦地响，消停了就鼓着两扇宽鳃呼哧猛喘。

老俞在海上漂了半辈子，鱼蹦上船的事不是头一回见。但老话说"开船不吃自来鱼"，说这种鱼是龙王预付的买命钱，所以渔民见了基本都是扔回海里。

老俞掐起黑头鱼的鳃，掂了掂，有八九斤重。

他很久没见过这么肥的鱼了。

临近中午，细长的码头上早就撑起一排彩色的遮雨棚，挤得密不透风。毕竟到了年关，一年就这么一回，各家都铆足了劲吆喝卖货。

每顶遮雨棚下面都挤挤挨挨摆着几只大红盆、几个塑料鱼箱、沾满鱼鳞的电子秤，还有裹得鼓鼓囊囊、围着彩色头巾、脸皮皱红的渔家妇女。等丈夫们把海货拉上岸，就一边卖货，一边在冰水里熟练挑拣，顶大的梭子蟹扔到"90"的盆里，小的就扔到"30"的盆里，小黄花鱼在地上堆成小山。

日头升起来，买年货的人踩着脏水在雨棚下面钻来钻去。有人专门开车来俞家码头买海货，一是图刚打上来新鲜，二是比海鲜市场便宜，买多了还能再搭一只肥蟹。

老俞泊了船，拴好，把海货倒进镂空的鱼箱，再拎起一只小红桶，大黑头鱼蜷在里面艰难地喘着。他朝自家印着"娃哈哈"的绿色遮雨棚走去。

老俞远远看见只有几个盆在那儿，没瞧见人。他赶紧跑了几步，才发现闺女俞静又躲在货箱后面，学着抖音上的尖脸小姑娘编辫子。她把又厚又长的头发分成十八绺，缠上小彩绳，一下一下扭成麻花，那认真劲跟修文物似的，好几个客人来问价也不搭理，让人家挑完自己过秤。

老俞再一看，注活水的塑料管翘得老高，水都喷到外面去了，红盆里的梭子蟹沉了底，全都一动不动。

他的火噌一下子就上来了。

俞静是他的大闺女，也可以说是老二。老婆房玲头胎是个儿子，出生三个月就染病死了。农村有规矩，小孩不能立坟头，得去荒山扔掉，说是对下一胎好。老俞不忍心，还是给他买了几身小衣服，偷偷托人埋在后山上，每年清明都和房玲去烧点纸。

一年之后就生了俞静。

足月，顺产，刚生出来就活蹦乱跳得像个泥鳅，哭声贼大，不到一岁就学会走路了，像个小狗似的天天跟在老俞后头。而且学东西很快，动手能力极强，老俞和房玲在码头卖货的时候，小俞静就在旁边的沙滩上玩，别的小孩堆沙堡，她拿着小耙子挖蛤蜊，一下午就能挖一小桶。

房玲是个朴实的海边妇女，两只脚没迈出过盐洋的地界，两只手除了扒拉海货不会干别的，更别说编辫子这种精细活了。所以俞静从小就是短发，再加上天天吃海鲜，蛋白质充足，到了青春期个子蹿得很快，胳膊长腿长，小学时就是女生堆里最高的。码头上的人都说俞静远看跟个假小子似的，要是再来一胎肯定是个男孩。

虽然是开玩笑，但回回都戳得老俞心里一紧。

有时候俞静趴在饭桌上做作业，老俞就会偷偷打量她。不仔细看还真像个小子，性格也像，可惜就不是。

老俞想再生个儿子。

这个念头在海上的时候尤其强烈。要是老大没死，现在就有个大小伙子跟自己一块儿打鱼了，可以传授他这些年自己一船一船捞上来的经验，教他怎么利用潮水走向撒网，怎么判断哪里有最肥的鱼。房玲和俞静什么都不懂，在家吃完饭就一起看电视，很少聊天。老俞总觉得说不出来的"话"是有形状的，闷在肚子里的话越来越多，撑得自己的肚皮也越来越大。要是再有个儿子，这些话就能一点一点顺出来，否则只能跟着他百年之后烂到地里。

他把这个念头跟房玲一说，房玲也同意了。她一辈子没自己拿过主意，结婚之前听父母的，结婚之后就听老俞的。

于是俞静高考那年，房玲就怀上了。没跟俞静打过招呼，俞静知道后也没问什么。老俞心想，这一点倒是随自己，不爱问话，遇到不懂的事就先装到肚子里自己琢磨，琢磨过来就琢磨过来，没琢磨过来就算了。这样挺好的，人一辈子不能每件事都想得明白。

房玲现在怀孕八个多月，肚子鼓得老大，有经验的产婆看了都说是小子。老俞生怕有什么闪失，不让房玲碰凉水。刚好俞静放寒假，就想让她帮着分担一下家里的活。

俞静高考成绩不好，没考上本科，去了市里的职业学校学酒店管理。老俞记得她小时候明明成绩不错，还拿过几张奖状，也不知道是从什么时候开始不爱学习的。可能是高中，当时实验高中为了方便管理，强制学生寄宿，两周放一次假。从那时候起，俞静的性格就变了，不再疯疯癫癫地到处乱跑，头发也越来越长，开始学别人穿裙子，画眉毛，看上去确实有了女孩的样子，但考试名次就跟扔铁锚似的，一溜秃噜到海底。

考上职业学校之后就更放飞了。虽然学校离家不远，坐18路公交车一个小时就能到，但俞静只愿意寒暑假回来。每次回来头发都换个颜色，有一回整整数出四个色。房玲特别看不惯染发的，一开始还数落两句，后来就不管了。俞静在家里也不愿意和他们多说话，醒了就躺床上刷手机，饿了就下床找吃的，别说帮着拣鱼看摊了，吃完饭的碗都不愿意刷。

眼见房玲肚子越来越大，坐着都费劲，老俞没辙了，说可以给俞静发工资，卖一天货给五十块钱，她才不情不愿地答应。

之前老俞老听人说，儿女是父母前世的债主。他一点都不信，后来每回被俞静气到不行的时候他就在心里默念这句话："我上辈子欠她的，这辈子还清，下辈子就不用见了。"还真挺管用，每次一想完，气就下去一半了。

但今天不行，默念一百遍也不行。

　　他把鱼箱啪一声扔到地上，俞静吓得一哆嗦，赶紧收起手机，把肿得老高的右手戳到老俞面前。

　　"我长冻疮了，不能碰凉水。"

　　老俞气血翻涌，顾不得码头上人来人往，从桶里掐起大黑头鱼就朝俞静脸上用力甩去。

　　黑头鱼掉地上噼里啪啦蹦得老高，俞静却倒在一洼脏水里不动了。

　　老俞这下也蒙了。他以前也不是没打过俞静，但一下子抽昏的情况还是第一次。他赶紧去摸了摸鼻息，还有气，但两只胳膊就像两条软塌塌的海带。

　　老俞驾着运货的小三轮一路风驰电掣把俞静送去市医院，吊了点滴验了血，一路查下来，除了脸上擦伤，还有点低血糖之外，也没发现什么大毛病，但俞静就是醒不了，一直低烧。医生建议再住院观察两天，老俞一问，算上药钱一天得花三四百，住几天的话这一船的鱼就白搭了。年前就这几天能卖出货，不能总这么耗着。见老俞和房玲的脸愁成疙瘩，同病房一个老人提醒说这种情况海边常有，可能碰了不干净的东西，不如去找二姑奶想想办法。

　　二姑奶就是隔壁村"会看事的"，老家在四川，年轻时嫁到俞家台，可惜命带丧门，克死了老公孩子，六十多岁的时候眼睛还瞎了，靠捡矿泉水瓶活到八十多，有一天突然能看见"东西"了。一开始就是帮人寻猫找狗，后来渐渐有了名气，现在逢年过节门口能排起长队来。平日里都是起名、合八字、算风水的，一到开海的时候，大小船队都会排队请她来做法事。海边的人多少都有点迷信，毕竟靠海吃饭，命都拴在桅杆上，就算不信也能图个心安。但二姑奶有个规矩，要是碰上极难处理的情况，会先让请她的人找个偏门的"引子"。之前老俞村里有人难产，二姑奶用菜头蛇身上七寸的鳞当"引子"，作完法孩子就生出来了；还有七村村主任找走丢的娘，二姑奶要了生过崽的花狸猫后掌，没过几天，派出所就把他娘送回来了

老俞装了一箱二姑奶最爱吃的冻鲅鱼和一袋子散烟丝就去了。

院里果然站了不少人，但二姑奶一天就看九个。老俞想办法插了个队，到他刚好第九个。

二姑奶听他说完，深深抽了口长杆烟斗，软绵绵的腮帮子缩成一团棉絮，烟头里灰黑的烟丝皱成暗红色。二姑奶喷了一口白烟，往地上磕了磕灰。

"魂掉了。你去找只乌鸦，剪三个指甲尖。今天晚上十二点，把院子腾开。要快，过了这个点，找谁都白搭。"

最后这句话把老俞吓得不轻。可是这大冬天的海边上哪儿找乌鸦呢？

老俞蹲在码头抽了三根烟，终于想到一个人。

盐洋市唯一的一座公墓"千秋苑"建在西郊的后山上，墓地

管理员叫宋大嘴。宋大嘴爱吃海货，嘴很挑，眼也毒，听说坐过牢，会相面。他第一眼看到老俞的时候觉得煞气太重，不实在。但观察了几次，发现老俞既不用假秤，也不往螃蟹里注水，从此他只认老俞摊子上的货，一来二去就熟了。

宋大嘴听老俞说完，拍胸脯说"等着"。

盐洋人极其重视死后的体面，再穷的人家上坟也会备上进口的苹果香蕉，油滋滋的肥肉、烧鸡、蒸鱼，一到冬天，乌鸦鸟兽都躲到后山上，靠这些供品过活。

天黑前，宋大嘴就网住了一只乌鸦。

他把剪下来的乌鸦指甲包严实，装进一个空烟盒，开着小电驴去码头给了老俞。

夜幕降临，老俞家的大门敞着，外头围了些看热闹的村民。

俞家台基本都是平房，中间有个院子，院墙之间拉起一张"网布"防蝇蚊，平时就可以在院子里晒鲅鱼干、墨鱼干。老俞家除了这些东西之外，晾杆上还挂着好几串贝壳风铃。房玲怀孕的时候手闲不住，就开始学做这个，把贝壳海螺洗干晒干、钻孔、染色，用棉线穿成一串一串的，就可以卖到海边的纪念品店。

门口的人堆里探出一根黑亮的盲杖，二姑奶跟着盲杖钻出来。她佝偻着腰走进院子，问老俞："准备好了？"

老俞点点头，把包在黄纸里的乌鸦指甲递给她。

二姑奶让老俞把俞静平放在地上。俞静还是没有要醒的迹象，脸色苍白，手指冰凉。老俞眉头紧锁。

不知道是谁"嘘"了一声，门口嗡嗡的闲聊声瞬间没了。院子里能听到的除了呼呼的海风就是远处几声零星的狗叫，横杆上的贝壳轻轻碰出脆响。

"灭灯。"

老俞赶紧把院子里的照明灯关上，院子瞬间一片漆黑。

哧——二姑奶划亮火柴，引燃事先准备好的一沓黄纸放进铁盆，火光瞬间冲亮十几平方米的院子。

二姑奶蹲下身子，把第一枚指甲尖放在俞静的眉心，另外两枚分别放了她左右手心。

可能是火光的缘故，老俞发现俞静的眼皮动了一下。

二姑奶用盲杖头在水泥地面上画了两个"十"字，一脚踏一个。然后开始用盲杖使劲敲击着地面，配合着节奏嘴里念念有词。

海风呼呼吹着，被网布筛进院子，贝壳风铃开始哗啦作响。

二姑奶的盲杖越敲越快，念词越来越急，风铃声也越来越大。老俞忍不住朝墙角看去，挂着海螺贝壳的风铃垂线在急促地搅动，碰撞出乱糟糟的声响。

"起来了起来了！"门口有人没忍住叫起来。

老俞回头，发现俞静的上半身慢慢支了起来，但眼睛还紧紧闭着。

她伸出手，用沙哑的声音说："我要喝水。"

二姑奶的盲杖停下来，问她："俞静回来了？"

俞静缓缓垂下双手，没说话。

二姑奶皱眉，又问了一遍："俞静回来了？"

俞静突然卡住脖子，大声咳嗽起来，震得五脏六腑发出闷响，然后急促地呼吸着，像快要窒息一样。

二姑奶大喝一声："开灯！"

老俞赶忙拉开高瓦的照明灯，院子瞬间亮如白昼。

俞静的动作停止了。过了一会儿，她缓缓睁开眼睛，慢慢扫了眼周围，最后在二姑奶的脸上定了神。

二姑奶凑近，轻轻问："俞静回来了？"

俞静摇摇头，一字一顿地说："我不叫俞静，我叫何器。"

俞静坐在沙发上捧着茶杯，一小口一小口抿着热水，然后抬眼打量着客厅。

俞家的客厅本来不小，但是老俞和房玲节俭，不舍得扔东西，所以房间墙角都堆满了生锈的渔具家什，能坐的只有这张磨破洞的红皮沙发和两个马扎。

老俞和房玲坐在马扎上，老俞死死盯着俞静，妄图从她脸上找出一丝丝撒谎的痕迹。

"你什么时候生的？"

"2003年3月15号。"

不对，俞静是3月22号生的，比他第一个孩子晚三天。

"住哪儿？"

"我家在海韵花园六号楼三单元1002。"

海韵花园，那是盐洋市数一数二的高档小区，住的人大都非富即贵。

"你父母呢？"

"我爸叫何世涛，是个厨师，我妈叫朱丽萍，早就跟我爸离婚了，后来去了日本……"不知为何，她的脸上闪过一丝悲伤。老俞没注意，他在仔细回忆何世涛这个人，耳熟，之前总来码头买鱼，非常挑剔，所以很多商贩都不爱搭理他。

"俞叔叔，你不记得我了吗？"

老俞被烟头烫了手，他赶紧甩开，踩灭，才继续抬头看女儿。

不，不是女儿了。

虽然还是俞静的脸——细长的眉毛随房玲，黑乎乎的皮肤和高脑门随自己，眼皮内双，鼻尖一颗小痣，手上的冻疮还肿得老高，但她看自己的表情完全变了。说话也是，文绉绉的，而且有一点口齿不清。俞静从来不会这么讲话，也不会叫自己"俞叔叔"。

"其实我和俞静小时候就一块儿玩了，我家以前住大泉港，后来不是拆了嘛……"俞静喝了口水，继续说，"您还送过我一个大海螺，上面写着'一生平安'，后来搬家的时候不小心弄丢了。对了，俞静呢？怎么没看见她？"

突然间，老俞想明白了。这个死丫头一定是在报复，报复他今天当众打她，所以想出这么一招来折腾他。

他用力按压住怒火。"俞静，这么着，我不让你干活了行不行？从现在到开学，你爱睡到几点就睡到几点，我不管了，行不行？你就别在这儿给我装了！老子他妈的一天到晚够累的了！你再在这儿装神弄鬼……"老俞缓了口气，"你知道我最烦你撒谎了。"

俞静的表情像是要哭出来了，她不知所措地看向房玲，房玲也愁眉不展地看着她。突然，俞静放下杯子，朝电视旁边走去，指着边上的一张合影，说："这个是我！"

那张合影上印着"盐洋市实验高级中学高三（27）班毕业留念"的红字横幅，五排整整齐齐的黄蓝校服，一张张青春无敌的脸，像一个个刚刚拆开的少年盲盒。

俞静的手指停在第二排中间。

那个女孩齐耳短发，皮肤白皙，右脸有一个酒窝。她在阳光下微微眯着眼睛，笑容灿烂。

02.

红线

你说话的声音好像一块奶糖啊。

那道红线落在拆迁图纸上之前，俞静和何器拥有近乎一样的童年。

出生在海边的孩子，生命里第一个老师就是大海——"凉"是海水，"疼"是脚底的沙砾，"舒服"是毛茸茸的海风，"珍贵"是独一无二的贝壳。

唯一不同的是气味。

俞静的童年是永恒不变的腥味。带着沙粒的粗糙手掌，垛在角落里的笨重雨衣，织不完的绿色渔网，锅里热腾腾的海鲜水汽。

而何器的童年气味是苦的。她还没有学会说话的时候，就已经可以辨别出苦味的不同形态。白色药丸是会卡住嗓子的鹅卵石，绿色药丸是在舌苔上炸开的海胆，黄色药丸是黏稠的生螺肉，最讨厌的是粉色药丸，像断在嘴里的虾头。

2006 年，她们过完了三岁生日，轰轰烈烈的城市改造运动蔓延到盐洋市，市政府决定利用天然的优势大力发展旅游业，要在海边建造一个集娱乐和绿化为一体的旅游度假区。决定无数人命运的沿海地图在红木会议桌上摊开，有人手持红色马克笔画了一个长方形框框，那根红线不偏不倚地落在了大泉港和俞家台的中间。

之后的几年里，萦绕在俞家台所有村民耳边的，除了昼夜开工的挖掘机的轰隆声，还有无数大泉港人一夜暴富的传闻。传闻说，每家每户都拿到了一笔数额不菲的拆迁赔偿金。至于这个"不菲"到底是几个零，大家争论不一，唯一确定的是之前开水产仓库的迟宗伟家分的"不菲"最多，他也成了最早开上奔驰车的人。

不管怎样，这些巨变都与俞家台的人无关。他们只能眼睁睁看着邻村这些昔日的渔民脱掉腥臭厚重的雨靴，穿上锃亮的皮鞋，换上白衬衣，粗糙黝黑的皮肤也在空调房里褪成反光的润红色，走上从未想过的人生道路。有人开始摸索其他小本生意，或者在市中心买了房，更有头脑的人开始接触互联网上的投资理财项目。那时候，基金、股票、比特币还没开始流行，早早上船的人并不知道，那些看似"不菲"的拆迁款仅仅是几棵摇钱树的种子。何器家也是从那个时候开始脱掉了养殖户的帽子，用一栋祖宅和一小间养殖场换到了足以搬进海韵花园的钱。

当然，这些美梦和噩梦都和孩子无关。

2007年，俞静和何器进了离家最近的金苗幼儿园，分到了小（2）班。在这种都是熟人组成的幼儿园里，码头上放养长大的孩子有着得天独厚的优势。开班一个星期，俞静就收服了众孩子成了"大王"。胖胖的费老师喊红脖子都管不住的纪律，俞静拍一下桌子就没声了，所以她深得费老师的信任。费老师让她当小班长，掌管发包子、发玩具、检查午睡等班级大小事务。一下课，俞静的屁股后面总跟着一串小孩，"玩"是俞静最擅长的事情，光是一个沙包就能想出无数种玩法，跟着她似乎永远都不会感到无聊。

和俞静相比，何器就像一个不会说话的娃娃，上课下课都喜欢缩在角落，盯着外面发呆。唯一有存在感的时刻就是每天下午上课前，费老师都会把她叫上讲台，打开她爸爸何世涛准备的药盒，监督她把药一粒一粒吃下去。

那是一场静谧而痛苦的表演，每个小朋友都学会了通过何器皱眉的程度判断药丸的大小。何器每吞咽一次，他们也吞咽一次，仿佛这样能帮到她。"表演"结束后，何器就会面红耳赤地回到角落，继续当一个没电的娃娃。

"你吃的是什么药？我可以尝尝吗？"身为班长，俞静还是不想冷落任何一个小朋友，所以没话找话地问了两句。

何器睁着迷迷糊糊的眼睛，摇摇头，又继续趴在桌子上。

真是一个无聊的小孩啊，俞静心想。

但在不久之后，何器的身上发生了一件大事。

那天，何器穿了一条绿网格小裙子，胸口处绣着一个铁臂阿童木，阿童木的头发是立体的，塞了一些棉花。

一上午，何器一直弓着身子，一脸痛苦。下午上课前，费老师像往常一样叫她上去吃药，还没吃，何器就哭了出来，边哭边说"烫"。费老师以为是水烫，连忙接过纸杯试了试，是温的。何器指指阿童木："这里烫！"

阿童木的头发里塞着一枚微型录音笔。

"我是怕何器受欺负。"何世涛坐在费老师的办公室，不慌不忙地说。

费老师拍了拍桌上的录音笔："那也不能这样吧？这是侵犯隐私我跟你讲！"

"你也看这两天的新闻了，何器不爱说话，要是出了事你能负责吗？"

他说的是发生在邻市的一个幼儿园性侵事件，一个男老师趁午休时强奸了女童，女童不敢告诉大人，还是去医院打疫苗时医生发现的问题。

"你要是这么不信任学校，干脆转学得了！我可伺候不了！"

费老师的脸又气红了。

何世涛脸上的笑意明显撑不住了，他低头想了想说："这样吧，您能不能帮何器找个朋友？以后有什么事我就问她。"

那是俞静第一次见到何世涛。

他身上有种奇异的香味，不是洗衣粉味，而是一种刚下完雨的海滩的气息。俞静很少见男人穿一身白衣服。海边人不穿白衣服，不耐脏，而且洗着洗着就变黄了，反正她爸爸的衣服不是纯黑就是蓝黑，洗多少遍都会掺着细小的沙子。

"你是班长？"

俞静缩着脖子，轻轻点头。不知道为什么，她有点怕他。

何世涛把身后的何器推出来："以后你俩一起玩好不好？"

"那她想和我玩吗？"俞静指了指何器，她无法理解为什么交朋友还要大人帮忙。

"她想啊，她就是不好意思说……"何世涛的大手轻轻摸着何器的头发，"来，你自己说。"

何器的脸红到耳朵，半个身子躲在何世涛的身后，憋了半天才一字一顿地说："我想和你当好朋友。"

"真的吗？"

"真的……但是我不能给你吃我的药，一点都不好吃……"

俞静扑哧笑出声，大方地冲她伸出手："好吧，那我们以后就是朋友了，你有什么事就找我！"

"好，"何世涛满意地点点头，"以后你想吃什么糖啊零食啊，就让何器给你买，她每个星期有五块钱的零花钱。"何世涛拍了拍何器，"不够了再跟我要。"

何世涛似乎早就知道这个结果，只是来通知一下。

何器确实很大方，每次买零食都是奔着把钱花光去的。也许是零食的诱惑太大，也许是觉得何器太弱小了，俞静担心她一个人受欺负，所以渐渐抛弃了大部队，只跟何器玩。

俞静教给她很多捉小螃蟹和蛤蜊的技巧，何器也会给她讲自己刚看过的童话故事。俞静也是那时候才知道，何器不爱说话是有原因的。

"我舌头比别人短一点。"何器张开嘴巴给俞静看。

那叫舌系带过短，属于先天畸形，舌头没法翘起来，所以发不了一些音节。怪不得何器说话总是很小声，还会把俞静的名字读成"俞 ying"，把自己的名字念成"何 yi"，像含着一团软绵绵的东西。

"我妈妈想带我做手术，我爸爸不让，他说这个可以练习，让我自己努腻（力）。"何器软绵绵地说。

练习的方法就是翘舌，舌尖用力触碰上颌与牙龈，顶久了舌头会又酸又涨，但她不想让爸爸失望。所以在俞静的记忆里，何器的嘴巴永远都微微张着，努力翘着舌尖，走路、听歌、看书、做作业都是如此，一直持续到她们升入同一所小学。

　　小学，是一个与幼儿园完全不同的世界，到处都充满了规矩。俞静感觉自己好像进了一个方形的鱼缸。

　　教室四四方方的，桌椅要对成一条直线；桌子四四方方的，套着暗绿色桌布，桌面上还不能放书；上课时要把两只胳膊交叠在桌子上，不能抢答，要先举手。俞静因为抢答的事被班主任徐老师骂过很多次，还给她起了一个外号"俞话把"。

　　这个年纪的孩子乳牙还没换完，却已经学会了察言观色，知道徐老师是那个"要讨好的人"。每次徐老师喊这个外号，大家都会夸张地哄堂大笑，拍桌，尖叫，生怕徐老师看不到自己笑了。

　　除了何器。

　　安安静静的何器反而非常适合这个"鱼缸"，换句话说，学校的规矩就是希望每个孩子都能像何器这样安静。只有俞静知道，何器是怕别人注意到她的口音。翘舌练习效果非常缓慢，尽管她的舌尖已经可以轻松够到牙龈，但让这个动作与发音结合起来还是有点困难，标准的发音都搭配着一副咬牙切齿的表情。于是何器总是避免当众说话，下课也不出去，除了找俞静上厕所，就是坐在位置上看书做题，像一团沉默的云。

　　即便透明如此，她也没有躲过外号的攻击。

　　"何哑巴！"

这个没创意的外号来自迟成，就是第一个开奔驰的拆迁大户迟宗伟的独生子。"俞话把，何哑巴，一个藤上两个瓜！"他带着最后排的男生拍手唱着自以为幽默的顺口溜。俞静看着他那张方脸上的大嘴一张一合，活像一条快死了的安康鱼。

每当俞静捏紧拳头，何器就会悄悄帮她松开，边摇头边指指讲台，意思是"徐老师不会管的"。

到了六年级，何器已经矫正了很多发音，但着急的时候还是会忘记。模仿何器说话依然是男生们经久不衰的保留节目，事情的转机来自新语文老师的到来。

那是一个刚从师范大学毕业的年轻女老师，娃娃脸，留着当时很流行的波波头。第一节课，她喊何器起来读课文，所有人都意味深长地对视，迟成甚至发出了吭哧吭哧的憋笑声。她不明就里地看着大家，不知道发生了什么。

很快她就明白过来了。

"燕子去了，有爱（再）来的时候；杨柳枯了，有爱（再）星（青）的时候；桃花谢了，有爱（再）开的时候。但是，东（聪）明的以（你）告诉我，我们的日子为什么一去不复返呢？"

何器读得又急又快，果然又变成了以前那种含含混混的发音。

语文老师挥手让何器坐下，想了想，咧开一口白牙对何器说："你说话的声音好像一块奶糖啊。"

这是个病句，但不妨碍这句话自带的魔力。

大家纷纷看向坐在角落的何器。她的耳朵红到脖子根，软软的头发搭在白净的脸上，抿着嘴巴，右脸有一个深深的酒窝。可能是下午阳光照射在她身上的缘故，她整个人都带上了一种香甜温暖的氛围。

从那以后，何器含含糊糊的软糯发音不再是一个缺点，反而有了一种难以言说的魅力。一下课，以迟成为首的男生团伙就会像苍蝇一样围在她的桌子旁边，掀她的笔袋，翻她的作业本，揪她的头绳，目的就是激怒何器，让她大声叫他们的名字，因为无论她的语气有多愤怒，喊出口都带着一丝撒娇的尾音。

俞静听班里最八卦的女生说，何器被男生们评选为班花。尽管何器知道后嗤之以鼻，俞静还是觉察出了她的变化。

何器变漂亮了。

俞静在家照镜子的时候，突然想到这句话。低瓦的廉价台灯下，她看着自己，短短的头发像稻草一样丛生，皮肤黝黑，胸前一马平川，怎么看都和"漂亮"无关，但这两个字却可以严丝合缝地笼罩在何器的身上。升入小学以后，她身体也变好了，不再像小时候那么容易生病，身材反而因为跑步的缘故变得匀称。更重要的是，她几乎每周都有新衣服穿，合身、舒适、明媚的新衣服。

然而，这些微不足道的羡慕和背叛在小学毕业典礼那天全部戛然而止。

按照惯例，实验三小的小学毕业仪式是给家长们表演节目，学校要求每个学生至少请一个家长出席。老俞那天刚出完海，只想回家睡一天觉，就让房玲去了。

俞静班出的节目是合唱，每个人都穿着徐老师统一租借的白衬衫，徐老师苦口婆心地叮嘱大家不要弄脏，不然要扣钱。

那天大家都在交换毕业礼物，没有人听她说话，也没有人注意到迟成的反常。他带了一片崭新的刀片，一根绑螃蟹腿的黄皮筋从中剪开，一头拴在刀片的圆孔上，一头捏在手里。他一边盯着何器，一边甩着刀片，刀片随着皮筋的惯性紧紧缠绕在他的手指上，又松开，又缠上。

全班在后台候场的时候，俞静和何器躲在角落玩翻花绳。何器那天扎着两条麻花辫，末端系着小樱桃的头绳，很好看。迟成走到何器面前，亮出刀片，伸出左手的食指。

"当我女朋友，不然我就划下去。"

何器惊呆了，无助地看向俞静。俞静还在想前半句话的意思，难道说，他喜欢何器？

迟成把刀尖抵在食指上，伸到何器脸前，又问了一遍。

周围有男生开始起哄："答应他！答应他！答应他！"

何器快要哭出来了，但眼睛还是看着俞静，边摇头边往后缩，似乎这样可以逃离这个可怕的局面。

迟成看了眼四周，目光又回到何器的身上："答不答应？不答应是吧？"

话音刚落，迟成右手一抖。

手指慢慢渗出一道红色的线，接着，一大滴红色的血落在了何器雪白的衣领上，何器吓得大叫起来。

俞静啪一拳挥到迟成的脸上，抢过刀子。周围的起哄声变成了铺天盖地的惨叫声。

徐老师冲进后台的时候，看到俞静整个人压在迟成的身上，右手用刀片顶着他的脖子，迟成两手都是血，屁股底下流了一摊黄尿。

迟宗伟跟迟成简直是一个模子刻出来的，像一条老安康鱼。

俞静看着他一张一合的恼怒大嘴，脑子里全是这句话。而自己的爸爸站在旁边，一米九的个子佝偻成了一只瘦虾婆。

晚上回到家，老俞把房门一关，拿起一截编渔网的尼龙绳。房玲本想拦一下，还是停住了。

抽在身上的一瞬间并不疼。过几秒钟，疼痛才像融化在热水里的药片一样，从一个中心细碎而缓慢地扩散开来。接着又是第二下，第三下。

俞静狠狠咬着胳膊，不让自己出声。她知道父亲的习惯，打她的目的不是惩罚，而是为了让自己出气。所以哭、叫、跑、反抗、下跪，通通没用，只能等他把气撒够，他自然就会停下来。

俞静唯一能做的，就是忍耐和遗忘。

但这一次太漫长了。俞静觉得好像快要失去知觉了，她开始强迫自己转移注意力。桌子上的廉价塑料布油腻腻的，永远有擦不干净的汤汁，这张桌子既是饭桌，又是茶几，也是自己的书桌，现在成了她的案板。她想起以前去过何器家一次，何器家的每张桌子都各司其职，甚至进门的地方还有一张专门摆假山的桌子。何世涛是厨师，那天做了很多好吃的，而且很会用刀，专门给她表演削完一整个苹果而皮不断。对了，刀，今天明明不是我的错，爸爸为什么要道歉？

不知过了多久，老俞终于停下了，他累得气喘吁吁，手里握着汗津津的绳子，看着在地上缩成一团的俞静。"你听好了，当官的，有钱的，这两种人永远不准招惹，不准得罪。他们跟你是两种人，你既然生在这个家，就要认命。知道吗?！"

俞静没有点头，也没有摇头。

第二个羊年到来的时候，度假区建好了。图纸上的那根红线变成现实就是一道延绵的铁栅栏，和俞家台"接壤"的地方用一堆建筑垃圾隔开，那道蜿蜒丑陋的伤疤分开了两个世界。伤疤以北，还是几十年没变的老渔村，墙上刷着治疗不孕不育、维修水电的广告，电话都已经打不通了；伤疤以南，造型别致的酒店、商店、游乐场、水上乐园等建筑像细胞一样迅速分裂成形，迟成家的饭店"海鲜凶猛"装修豪华，成了当地接待贵客的必去之地。之后的每个夏天，各种口音、肤色的游客不远千里来到这个俞静拼命想逃离的地方。

那个毕业典礼结束后，很多东西都发生了改变。何器找过俞静几次，都被俞静找各种理由拒绝了。夏天结束后，她们去了不同的初中，两人也渐渐失去了联系。

她们再次相遇是在十五岁那年。

盐洋市实验高中是一所不上不下的万年老二高中，有着奇怪的油水分离的状态。

上层是想考一中但差几分落榜的学霸，心不甘情不愿地来到这里。下层是沾了划片政策的光的学渣，凡是住在这附近的，只要中考过线，都可以上。

几十张分班名单贴在长长的公告栏里，除了名字，还有中考成绩、年级排名和班级信息，学生找到自己的名字后可以自行去班级报到。

为了公平，学校没有实行大小班，成绩好坏一律打得很散。所以全年级正数第一和倒数第一都分到了俞静所在的（27）班，那两个人就是何器和迟成。

世界上任何一个悲剧都不是突然发生的，命运早已暗中给了一些微小的提示，只是那时候的他们还浑然不觉。

03.
青铜白鹤

是啊，如果这一切都是真的，那她现在的记忆应该还停留在夏天。

老俞家的门口从来没有这么热闹过。

《盐洋日报》《盐洋民生直通车》等当地大小媒体，还有很多专门从外地赶来的直播博主全都堆在紧闭的大门前，看着路口的方向，抻长脖子等待着。

他们在等另一个人。

对于盐洋这种邻里打架都是大新闻的小地方，半年前的"何器之死"着实热闹了一阵。谁也不会想到，这个案件在半年后还能再来一波热度。

一名打扮成侦探的网红博主对着自拍杆上的手机，用夸张的语气直播着："说到借尸还魂，相信大家都听说过1959年轰动全台湾甚至全球的'朱秀华借尸还魂事件'，前不久，同样离奇的事件发生在这个名为盐洋的海边小城，一名少女昏迷之后，请了当地的神婆作法，醒来后竟然自称是已经死去半年的女孩！有人说作法的乌鸦来自死去少女的坟墓，也有人说这就是单纯的人格分裂，那么事实真相究竟为何？名侦探加加带您……"

"来了来了来了！"一名眼尖的记者率先发现了何世涛的车，众人一哄而上，何世涛不得不将车缓缓停靠在路边，开门下车。无数手机、相机拥到他的面前，像要活埋他一样。

"你相信有借尸还魂这种事吗？"

"你现在是难过还是开心？"

"如果真的是你女儿，你会接她回家吗？"

"你见到她第一句话要说什么？"

…………

何世涛苍老的脸上露出悲伤的神色，周围响起一片咔嚓声。

在何器被害之前，何世涛在盐洋市也算半个名人，上过当地的育儿明星榜单，经营着一个百万粉丝的抖音账号"帅爸盒饭"，以给女儿做爱心便当而出名，是有口皆碑的好父亲。

半年前，何器失踪，他在电视上、报纸上悬赏寻人，在直播时痛苦哀求，之前精致打理的鬈发肉眼可见地变成了一头乱糟糟的白发，眼角的神采被混浊布满血丝的双眼取代，从一个意气风发的明星爸爸迅速脱水成一个失去爱女的苍老父亲。

何器死后，他的账号停止更新，偶尔发一些纪念女儿的小视频，每次都会引来一排蜡烛表情，陪他一起思念何器。

何世涛没有回答记者的问题，他拿出手机，给老俞发了一条信息：我到了。

老俞家掉漆的木门闪开一道缝，何世涛进去后迅速关上。

客厅很冷，丝毫没有过年的气息。家具和电器上都盖着厚厚的油污和灰尘，墙上贴着一张五年前的旧挂历，还有一幅廉价印刷的仙鹤送子图。何世涛打了个寒噤，老俞默默往铁炉里添了几个碎煤块，脚底边堆满了扁扁的烟头。

卧室的门反锁着。

老俞睁着布满血丝的眼睛，压低声音说："是你家孩子。"

何世涛担忧地看着房门："怎么确定的？"

"该问的我都问了，其他的我也不知道问什么，你的电话也是她跟我说的，我闺女上哪儿知道？反正……"老俞闷声咳嗽了几下，往炭火里吐了一大口痰，"邪乎，所以把你叫来看看。"

何世涛眉头拧在一起，眼睛被炭炉熏得生疼。

"她知不知道自己已经……"

老俞点点头："知道了，一开始不相信，一照镜子吓坏了，闹了半宿，但是记不清是怎么死的……"老俞没留意这个"死"字让何世涛眉头一皱，他接着说："明白过来之后就一直哭，说明明才高考完，不可能，然后就把自己锁里面了……"

何世涛站在卧室门口，门内一丝动静都没有，他轻轻敲了敲门。

"我……"他顿了顿，"我是何世涛。"

里面还是没有动静，他想了一下，试探性地敲了一个节奏——嗒嗒嗒嗒／嗒嗒。这是他和何器之间的暗号，意思是"我是爸爸，开门"。

里面传来一阵走路声，门啪地打开，一张布满泪痕的陌生女孩的脸出现在何世涛面前，陌生的头发、鼻子、嘴巴，但她的神色让何世涛的心咯噔一下。

那是何器看自己的眼神，错不了。

没等他再开口，女孩的眼泪一下子涌出来："爸，你怎么才来？"

老俞看着女儿俞静躲在另一个男人的身后，用警惕的眼神看着自己，心里有说不上的怪异。他搓了搓满是茧子的大手，犹豫该怎么开口。"老何，有个事想跟你商量一下，昨晚上我老婆羊水破了，现在在医院等开指，不知道什么时候就生了……"他拆开一包刚买的软泰山，抽出一根递给何世涛。

何世涛立刻领悟了老俞的意思，他没接烟，看了眼身后的女孩。俞静丝毫没有犹豫，说："我要回家。"

门开，俞静的头上罩着一件外套，被何世涛一路小跑护送上车。相机镜头和手机磕在车玻璃上咔咔作响，俞静坐进后排，自然地扣上安全带，闭上眼睛扭头不再看外面。

车开到沿海公路上，四周只剩一片呼呼的风声，他从后视镜里偷偷打量着俞静，不，从现在开始应该叫她"何器"才对。

何器浑身无力地瘫在后座，车里的暖气让她手上的冻疮胀得有些痒痒，她闭着眼睛从车背兜里掏出一双灰色手套戴上，还特意卷了一下腕部，这些都是何器的习惯。看着这个陌生的女孩做起这些动作来行云流水，何世涛心里有说不上来的复杂。

"这不是回家的路。"何器突然睁开眼睛。

"我们先去医院检查一下，看看你身体有没有什么……"

"我不去医院！我要回家！我要回家！"何器突然发了火，坐起来猛捶车窗。

何世涛吓了一跳，连忙安抚："好好好，我们回家！"

空荡狭长的沿海公路，一辆车掉转车头。

海韵花园号称公园小区，除了健身区和楼宇，基本都被各式绿植覆盖。春夏天姹紫嫣红分外好看，但是一到冬天，叶子落光，枝干横飞，到处都是一副干将莫邪的架势。

何世涛开到小区门口，远远看到几个收音杆支棱在枯木枝堆里，何世涛随即打了方向盘，一路开进地库。

物业早早把新年的对联福字贴得到处都是，何器仰头看着电梯里欢度新年的零食广告，她的神情有些困惑，又有些惶恐。

是啊，如果这一切都是真的，那她现在的记忆应该还停留在夏天。何世涛心想。

10 楼到了，何世涛故意慢了几步，何器没有觉察，轻车熟路地走到 1002 门口等着何世涛开门。

门一开，一股轻柔的檀香味扑面涌来，玄关的感应灯一路亮起。门口正对着一张窄窄的供桌，上面放着一座根雕倒流香，一道极细的白烟蜿蜒而下，缠绕着左右两尊半人高的青铜白鹤。那两尊白鹤造型别致，高昂着小小的头颅，细看又不是完全对称的。一只双脚落地，另一只的右脚略微抬起。

何器有些疑惑地看着这两尊青铜白鹤，问何世涛："爸，它们什么时候来的？"

何世涛笑笑："别人送的。"

四只硕大肥美的生蚝在烤箱里嗞嗞作响，蒜末红油微微鼓动，一层薄薄的汤汁积在内壳凹陷处，随着温度的升高而沸腾，不断滴在托盘上，发出噗噗的声响。

一部手机卡在不远处的三脚架上，对着烤箱拍摄着。

何世涛看了看时间，还剩五分钟。他把刚刚擦干净的三叉牌刀具插进刀架，顺手把已经干净到反光的桌面又擦了一遍。

厨房，是这个家里最昂贵，也是何世涛最喜欢的地方。半开放式全定制的德国 Allmilmoe（爱米默）纯白橱柜，正对着客厅，可遥控调节的灯光可以使做出的食物不用滤镜也色泽鲜美，高端厨具、餐具一应俱全。最特别的是在厨房靠墙的边缘有一排鱼缸，里面养着龙虾、生蚝、海参和海胆，输送活氧的气泡在里面咕噜作响，海鲜在透明鱼缸里懒洋洋地移动，一副颐养天年的模样。

这是何世涛的习惯，从海鲜市场挑选完海鲜之后，会在家里再养一阵子，等它们把泥沙全部吐尽，或养得更肥之后，就把它们烹饪、拍摄成点赞过万的美食视频，再毫不留情地吃掉它们。

生蚝端上桌的时候，何器刚刚洗完澡出来。何器之前的衣服穿在她的身上稍微有点紧，勒出她跳跃的曲线。她拉开椅子，发出刺耳的吱啦声。何世涛收回眼睛。

"有粥吗？我晚上不想吃海蛎子。"何器随手撩了撩未干的头发。

"你说什么？"何世涛皱眉。

"哦，生蚝。"何器改口。

何世涛的厨房洁癖体现在各个方面，除了不让人踏入厨房半步之外，还不允许别人叫错食材的名字。他说过，海蛎子和生蚝虽然都叫牡蛎，但它们是两种东西。海蛎子都长在岩石缝里，两三个生在一起，外壳粗砺，互相挤压，肉长不大，最后只能堆在地上，和泥混在一起一筐一筐地卖，或者晒成海蛎干，一点价值都没有。那种单独生长的牡蛎，外壳比较光滑，汁水多，白肚大，边缘褶皱少，只有这样的，才能被叫作生蚝，才有资格被包上彩色的锡纸，做成美味，装进精致的盘子端上有钱人的餐桌。何器从小就讨厌他叨叨这些东西，所以尽量避着他的雷区。

"我说，我现在不想吃生蚝。"何器又说了一遍，"我想知道我是怎么死的。"

何世涛的眼睛里闪现了一丝不安。"你刚回来，这件事可以明天再聊，反正凶手已经抓到了。"

"谁？"

"先别急，我还有几个问题想问你。"

何器深吸了一口气。"爸，我知道你现在还不相信这件事，说实话我也不相信。我死了，进了另一个人的身体活了，她还是我的好朋友。所以我现在只想知道我是怎么死的，谁杀的我？这到底是他妈怎么回事？"何器顿了下，"老天爷突然让我活过来肯定有他的道理，你以后有的是机会慢慢验证我到底是不是何器，但是现在最重要的，是告诉我到底怎么回事！"

何世涛顿了顿，站起身："那我就问一个问题，在家里不可以做哪件事？"

何器没有犹豫，指了指厨房："不可以进那里。"

何世涛点点头："电脑在你屋里，我什么都没动。密码……你应该知道。"

新闻画面配着耸人听闻的新闻标题——妙龄少女曝尸海滩，凶手竟是同班班长！

2020年7月18日上午，俞家台码头附近海岸发现一具女尸，经盐洋市派出所调查辨认，该死者为盐洋市实验高中高三某班毕业生，刚刚结束高考。警方立刻对现场进行了封锁，并确认第一案发现场是位于距离事发地五公里之外的一艘废弃渔船，经查属于死者同班同学周某阳家，确认周某阳有重大作案嫌疑，于同月将周某阳捉拿归案。经过三十多个小时的调查问询，周某阳对作案事实供认不讳，交代自己在7月15日当晚，同学聚会结束后，因醉酒而对同班女生何某心生歹念，遂将其诱骗到自家的废弃渔船，采用捂嘴、掐脖子等手段将何某制服，在实施强奸过程中不慎致其死亡。事后周某阳怕被发现，遂将何某抛尸大海，随后翻墙进入学校宿舍睡觉，以制造不在场证明。

周某阳因涉嫌强奸罪、故意杀人罪被刑事拘留，盐洋市检察院以强奸罪对周某阳提起公诉。2020年8月20日，周某阳因为强奸杀人罪，被盐洋市中院判处无期徒刑，现已在衡南监狱服刑。

图片里，警方拉起警戒线，医生把何器的尸体装进尸袋，她的身上打着厚厚的马赛克，但何器依然能透过那一团浓重的绿色判断出是那条她心爱的墨绿色长裙。

何器坐在床上，笔记本的荧光照着她的脸，她往下滑动，一条视频链接《死者生前最后一条视频曝光》，何器点进去。

画面很模糊，能看出是一个面积很大的 KTV 包厢，包厢的角落装饰着一个鲨鱼头，张着血盆大口。画面里只有何器一个人，她穿着那条墨绿色长裙，右手的小拇指顶着脸上的酒窝，对着镜头笑着唱一首跑调的日语歌，看上去已经有些醉了，突然她指着拍摄视频的人说："毕业快乐！"

视频就在这里中断了。

发这个视频的账号就是何器自己的 QQ 空间，还配了一句话：狐狸那时已是猎人。

这是何器最喜欢的一本书，看完之后很长一段时间她都在模仿赫塔·米勒的语言风格写周记，但是教语文的胖老头回回都批"狗屁不通"，渐渐地她就改回来了。

为什么发这么一句话呢？拍视频的人是谁？说"毕业快乐"的话，应该是同班同学。但是一点印象都没有了。

何器继续翻动着电脑上的评论。

　　好可惜啊，几个小时之后就死了，大好年华就这么没了。
（ID 撞撞）

肯定是情杀，现在的高中生就是很容易冲动。（ID 不想写论文）

凶手不是班长吗？应该考得不错吧，为什么自毁前程？（ID 小丑斗篷）

×，我们学校的事！这个女的可轻浮了！她跟那个班长有一腿！说不定是因为劈腿被杀了！（ID 已注销）

何器皱眉，点进最后这个 ID 页面，雪白的匿名头像，什么都没有。下面的跟帖有的同意，有的咒骂。

卧室门突然被打开，何器吓了一跳。

她卧室的门是从外面开的。按照何世涛的说法，何器曾经得过哮喘，有一次反锁门睡觉，半夜差点窒息，何世涛就把门换了，这样再有意外，他也可以及时进来抢救。

何世涛探头进来："粥在桌子上，一会儿饿了吃。"

何器叫住他："爸，可以敲门再进来吗？我现在很容易害怕。"

何世涛想了想，点点头。

何世涛轻轻掩上门，蹑手蹑脚走到厨房，在左边一扇隐蔽的橱柜下方，撒了一小撮香灰。

一间并不宽敞的 KTV 包厢内摆满了空酒瓶和狼藉的果盘，墙角悬着一个巨大的鲨鱼头，张着血盆大口，五颜六色的灯光在它脸上晃来晃去，显得有些可笑。几个衣冠不整的年轻人正抱着麦克风边唱边跳《爱的恰恰》。

卡在皮座里的手机嗡嗡响了两声，一只手拿起，点开，上面只有一行字：何器好像活了，怎么办?

04.
聋羊

模仿我笔迹，写你名字的人，应该就是凶手！

聋羊。

何器在去衡南监狱的路上，脑子里一直回荡着这个外号，每个高三（27）班的人对这两个字都不陌生。

聋羊原名叫周言阳，也就是在海边奸杀何器、被判无期徒刑的凶手。如果这场谋杀没有发生，他现在被人念及的就会是另外一个身份——盐洋市实验高级中学2020年高考文科状元。

周言阳右耳先天失聪。据说他妈妈在怀孕的时候发了好几天高烧，为了省钱，去找村里的赤脚大夫拿药，结果吃错了药。周言阳直到三岁才被发现耳聋，已经错过最好的治疗期，家里没有钱给他配助听器，周言阳就一直用单耳听声。如果有人在他右边说话，他就没有任何反应，所以一直被人误以为高傲。他也不想解释，但也因此在高一开学的第一天，就得罪了一个不该招惹的人。

迟成是故意迟到的，他磨磨蹭蹭地等到快打上课铃才走到（27）班门口，听到里面传来喧闹声，他往上提了提裤腿，以便自己的限量版 AJ 可以更加醒目。这双鞋是上这个学校的奖励，本来以他的中考成绩哪儿都去不了，迟成开心得要命，想天天在家玩，但是迟宗伟生怕让人知道自己宝贝儿子连个高中都考不上，就到处托关系找校长，往校长家里送了好几箱刀鱼——明面上是刀鱼，鱼肚子里是什么就不知道了。为了安抚迟成，迟宗伟不仅送了他这双鞋，还买了最新款的 iPhone 让他带去学校。就这样，家住郊区别墅的迟成成了"划片"升学过来的学生。

在迟成不大的脑袋里，他固执地认为第一次露面非常重要。这是迟宗伟从小教他的道理。迟宗伟说在森林里，雄性野兽见到同类，会下意识判断自己能否咬死它。这个特性也同样体现在两个男人身上，据说两个陌生男人相见，会下意识在心里盘算对方能否打过自己。"但是——"迟宗伟说，"换到文明社会，没什么打打杀杀，就变成了谁比谁更有钱。所以，儿子，第一次出场的气势绝对不能输。只要你是最有钱的那个，大家都会听你的。"

上课铃响到尾声，迟成趾高气扬地迈进教室，还没等他迈上讲台，就突然被一个高大的男生撞到，那个人就是周言阳。迟成打了一个趔趄，鞋底在地板上发出尖锐而刺耳的摩擦声，乱哄哄的教室瞬间悄无声息，大家纷纷看向两人。

周言阳微微欠身，轻轻说了句"对不起"就开始找座位。全班女生的目光都被周言阳吸引了，根本没有人注意到门口的迟成，更别说他脚上的鞋了。迟成的脸涨成猪肝色，他动了动嘴唇，吼了一声："站住！"

周言阳没有任何反应，找到了最后排的座位坐下，这才注意到全班同学的目光都在自己身上。他略一皱眉，摘下左耳的耳机，问迟成："怎么了？对不起，我右边耳朵听不见。"

大家都愣住了，转头看向迟成，迟成一下子陷入了很尴尬的境地，让周言阳道歉也不是，不道歉也不是。

"迟成，他刚刚都说对不起了，快坐下吧，别丢人了。"说这话的是何器。他们上一次见面就是在小学毕业典礼上，俞静拿刀把他吓尿那次。而现在，俞静坐在第一排靠窗的位置，看都没看他。

迟成不确定何器是不是在给自己解围，但这种感觉很不爽。他灰溜溜地找了个座位坐下，偷偷从桌子腿下面扫了眼周言阳的鞋。那是一双千层底的黑色布鞋，迟成只在小时候去爷爷奶奶家拜年的时候见过。在盐洋农村，这种鞋是农民的标配，因为穿着舒服，方便下地干活，而且便宜，手巧的人可以自己纳鞋底，成本不过十几块。

迟成在心里默默比较了一下，觉得还是自己赢了，更何况对方还是个聋子。

他错了。

自从知道周言阳右耳失聪，家境贫寒，还以全校第四名的成绩考上高中，全班女生看他的眼神都变了。那段时间已经不再流行霸道总裁爱上我那样的网文，而是苦难王子落难记。一脸冷峻、沉默不语的周言阳自然成了女生们心里对标的苦难王子。但是这些周言阳一点都不关心，他还是独来独往，留着寸头，吃着最便宜的饭菜，踩着布鞋跑操，一点都不在乎别人怎么看。

"聋羊!"起这个外号的人当然是迟成，这么多年过去，除了体形更胖、眼距更宽、更像他爸爸之外，他爱给别人起外号的毛病一点都没变。迟成一口一个"聋羊"叫着，周言阳也只是笑笑，说之前的外号更难听。迟成把这种躲避理解为害怕，但是所有人都知道，周言阳只是不屑，或者说，不在乎。他有更重要的事情要做，那就是埋头读书，考出去，彻底离开父辈那种靠海吃饭的生活。

在那时候的周言阳心里，学校有种巨大的安全感，当所有人穿上一模一样的校服，被一模一样的标准所要求，分数就是最大的标签和话语权。只要坐在课堂上，只要他的名字名列前茅，很多现实中的差距和不公都可以忽略不计，分数就是唯一的正义。

但是这一次，他错了。

在那篇专门写周言阳的《优等生何以成为杀人犯》的长篇报道里，两张照片紧紧挨着。一张是在法庭上，周言阳的脸被打了马赛克，他穿着橘黄色的囚服，被剃光的头深深垂着，腰也微微弓着，像在用尽全身力气拉扯一艘搁浅的旧船。另一张照片是周言阳的高一入学照，红色背景布，湖蓝色的校服，百年不变的寸头，两道浓眉下面的眼睛被一道粗长的黑线挡住。

何器记得那双眼睛，因为这张照片一直张贴在学校的光荣榜上，每个学生跑操、去食堂都会经过那里。那双眼睛清澈深邃，坚定无比，似乎在望向一个很远很远的未来。

一阵锁链的哗啦声由远及近，探访室的门被一名狱警打开，周言阳戴着手铐，朝狱警微微鞠了一躬，然后动作迟缓地坐在椅子上。他整个人瘦了一大圈，像一只被晒干水分的虾，两只眼睛混浊无神，在何器的脸上打量着。何器没让何世涛进来，怕他过于激动。听说周言阳被抓的时候，何世涛当着警察和记者的面把他狠狠打了一顿。

"俞静，你怎么来了？"周言阳还不知道"换魂"的事情。

"不管你信不信，我现在是何器。"时间有限，何器并不打算解释太多，"但这不是重点，因为接下来要问的问题谁问都一样。"

周言阳目瞪口呆："你在说什么？"

"我没时间开玩笑，"何器顿了顿，"你腰上有一块青色的胎记，你说竖看是一个除号，横看是一个'小'，对吧？你说这句话你只跟我说过，对不对？连你父母都不知道。"

周言阳瞬间睁大眼睛，看向何器。

高一那段时间，周言阳一直独来独往，再加上得罪迟成的事，他和班里男生关系很不好。没过多久，班里流传起他是同性恋的传闻，传得有模有样，连同性交友软件的账号都被扒出来了。无论他怎么否认，相信这件事的人都越来越多，直到何器成了他的女朋友，这个谣言才不攻自破。

周言阳双眼蓄满泪水："何器，对不起，我没有杀你……"

"我知道你不会杀我。"何器低下头，"为了你，也为了我，你好好回答我三个问题。"

周言阳向前挪了挪身子，用力点了几下头，手铐发出哗啦声。

"第一，为什么我的项链会掉在你家的船上？"

周言阳深深叹了口气："你忘了吗？自从我爸去世之后，这艘船就废在那儿了，谁都可以进。"

"好。第二，那天晚上你为什么回学校？"

"我喝多了，就……就睡着了，醒来的时候，大家基本都走了，我不敢回家，因为我妈这辈子最讨厌别人喝酒……"他深深埋下头，"我跟你说过，我爸就是喝酒喝死的。刚好我宿舍钥匙还没还，所以就……"

"那为什么杨百聪回宿舍拿东西，说没看见你？"

"他撒谎！"周言阳一听杨百聪的名字就炸了，两只手拍在桌子上。狱警赶紧上前让他冷静一点。

"我那天晚上去海边走了一圈，衣服全湿了，我进门就扔在地上，他只要开门就能看见，怎么可能不知道我在宿舍？"周言阳慢慢攥紧拳头，"他一直看我不顺眼，你又不是不知道，他绝对在撒谎，他出庭做证的时候都不敢看我的眼睛。对了，何器，你去找他，问问他为什么要做伪证！"

何器摇了摇头："我不知道他现在在哪儿，听说他把所有人都拉黑了。"

狱警提醒探访时间到了，周言阳示意等一下，他缓缓靠近玻璃，说道："何器，有件事我一直没有机会告诉你，但我觉得应该是线索。我不相信任何人，所以对谁都没有说。"

"什么事？"

"你还记得那个本子吗？"

雾气喷在玻璃上，何器只能看到他的眼睛。

周言阳压低声音："那个红色的密码本，我突然想起来，你的死法跟我写的那篇几乎一模一样。"

何器仿佛被人打了一下，两耳嗡嗡作响。

　　"这件事我一直没跟你说，我当时是迫不得已，随便从网上抄了一篇。你当时跟我大吵了一架，但实际上，我根本没有写名字。我也不知道为什么到迟成手里的时候，有你的名字。"周言阳一字一顿地说，"模仿我笔迹，写你名字的人，应该就是凶手！"

05.

鬣狗们

她的喉咙发出哀号，黑暗像一张鱼嘴把她吞入肚中。

俞静又走神了。

班主任老田在黑板上讲象限，俞静也跟着在纸上画了一个十字。每次上数学课，俞静的大脑就会分外活跃。当然活跃的不是数字，而是一些乱七八糟的想法。俞静坐在教室的最后一排，能把全班人尽收眼底。她喜欢在上课的时候盯着全班人的后脑勺看。

人就是喜欢划分群落，否则很难知道自己是谁。哪怕是一间小小的教室，哪怕只有四十五个人，也能按照不同的标准划分成不同的区间。

比如成绩。教室的座位都是按照入学考试成绩排的，前排的人享有一切便利和最佳视野，后排的人经常连老师讲什么都听不见。前排和后排享有不同的阳光和法律，每次俞静从教室门口走向自己的位置，都感觉自己是《雪国列车》的主人公，经过阳光充沛、空气飘香的头等舱一步步走向汗臭横飞、堕落黑暗的末尾车厢，永世不得翻身。

俞静在这节数学课上发现又多了一种分法。她低头在 Y 轴写上"成绩"，X 轴写上"钱"。

第一象限是"成绩好 + 有钱"，比如何器。

第二象限是"成绩好 + 没钱"，比如周言阳、杨百聪。只是杨百聪在 X 轴更趋近坐标轴上的点。

第三象限是"成绩不好 + 没钱"，比如自己。

第四象限是"成绩不好 + 有钱"，那就是迟成。

人真的太奇怪了，长相、身高、性格都不一样，却可以被两根简单的线划分得如此清晰。更奇怪的是，明明都坐在同一间教室，学着同样的课本，但是他们之间仿佛横亘着一层透明的玻璃，像鱼缸里的金鱼，看似可以自由地游弋，但几块钱的草金鱼无论如何也游不到金龙鱼的鱼缸里。

所以当第一象限的学习委员徐勤勤有求于自己的时候，俞静有些吃惊。

"你知道迟成有个红色本子的吧？"

"什么？"俞静摘下耳机，警惕地看着徐勤勤。

"迟成的密码本。"徐勤勤压低声音，朝正在打篮球的迟成努了努嘴。

　　现在是体育课的自由活动时间，操场上的学生像培养皿里的菌落一样各成一簇：好学生们缩在墙根拿着小本子抓紧一切时间背单词，男生们大多在操场上疯跑打球，一些女生会坐在操场边呐喊助威，另外一些女生则以宿舍为单位躲在阴凉处休息聊天。俞静厌烦任何聚集，她每次都跑到操场边缘一棵榕树底下听歌。徐勤勤看了眼周围，跟着一起蹲下。

　　"哎呀！就是那个秘籍！迟成他爸花了好多钱请了个高考大神给他总结了学习方法……"

　　"他？他能主动学习？"俞静鄙夷地哼气。

　　"所以大神不给他讲课，只讲技巧，听说里面全是价值百万的答题方法。"

　　"是不是骗人下次考试不就知道了？"

　　"考完试就晚了！我可不想坐后面，什么都听不见……"徐勤勤有些急，"而且，我那天看见杨百聪也在翻这个本子。我一过去，他就藏起来了。"

　　杨百聪？俞静看向右边操场，杨百聪戴着耳塞，坐在旗杆下面背书，嘴里念念有词，边背边用手大幅度比画，动作有点可笑。

　　"你想啊，杨百聪这种眼里只有学习的人也在翻，肯定有用。我都怀疑他们那群人早知道了。"徐勤勤压低声音。

　　"谁？"

"就是天天跟在迟成屁股后面的那些人呗。"

俞静懂了。

迟成虽然没有遗传父亲精明的头脑，但是完美遗传了好面子的性格。他喜欢交朋友，喜欢被人簇拥，但是自知没什么人格魅力，于是从小就习惯用钱来留住人。班里人都知道，只要跟迟成出去吃饭，什么都不用掏钱，只要叫两句"成哥"，只要能帮的忙迟成都会帮。渐渐地，迟成就像一张吸油纸，把那些爱占小便宜的、不学无术的、喜欢找碴挑事的都紧紧团结在身边。那些人一口一个"成哥"叫着，谁都知道没几个真心服他，但是迟成不在乎，只要有人陪他一起打牌、打球、打游戏，走到哪里都有人拥簇，他就心满意足了。

"所以呢？你到底想说什么？"太阳晒得俞静有点头晕，她想赶紧结束话题。

徐勤勤嗫嚅着，俞静不耐烦地站起来。"你到底说不说？你不说我走了！"

"我想让你偷过来！"徐勤勤赶紧说，突然意识到这个字眼不太对，立刻纠正道："不……不是偷……就是借着看一下。你帮忙拍张照也行。"

俞静不屑地翻了个白眼，转身就走。

"我可以给你钱！……八百！"

俞静停脚，回头看着涨红脸的徐勤勤："为什么找我？"

徐勤勤一下子噎住，她没想到俞静真的会问出来。

盐洋市去年上了个微博热搜，不是什么光彩的事，"盐洋市一初中生被迫给同学下跪"，模糊的画面里，一个丸子头女孩跪在地上，四男一女围着她，八秒视频，十六个耳光。

俞静是那个下跪的丸子头。

一开始，网友都在辱骂打人者，但很快反转就来了，自称校友的人爆料被打的女生是个爱偷东西的撒谎精，同宿舍的女生早就忍不了了，这次被打是因为偷手机被抓到，所以这十六个耳光是"正义的裁决"。

"凑个整吧，一千。"俞静拍了拍衣服上的土，转身走出操场。

俞静假装肚子疼溜回教室，离下课还有十五分钟，应该来得及，但她一推开门就后悔了。

教室里有两个人，头挨得很近，藏在高耸的书立后面，看到有人进来，两人立刻闪远。是何器和周言阳。

早就听班里八卦的女生说何器和周言阳在一起了，一般这种事十有八九都是真的，就算不是真的，传到当事人耳朵里也会互相注意一阵子，眉来眼去一阵子，渐渐也就变成真的了。有人说是何器在开学那天出手相救，帮了周言阳，所以两个人才"好上了"。

何器有点紧张地看着俞静："我们在讲 yi（题）。"

果然，就算治好了舌头，一紧张还是会暴露小时候的说话习惯。俞静没理她，径直走到迟成的座位。那里简直就是一个垃圾场，地上黏糊糊的，可能是什么饮料洒了，桌洞里都是皱巴巴的鼻涕纸、断胳膊断腿的手办、赛车模型、破破烂烂的试卷，俞静忍着恶心把里面翻遍了，还是没看见那个本子。

"你在找什么？"何器走过来。

俞静皱眉，继续翻着迟成挂在课桌一侧的书包。

"你能不能跟我说句话啊？到底为什么不理我？"何器急了，声音大了一点。周言阳很自觉地假装上厕所去了。

俞静顿了顿："其实那天你看见了吧？"

俞静看着何器的眼睛："我下跪那天，你跟你同学刚好经过。还记得这个手势吗？"

俞静把右手小拇指顶在自己的脸颊上："救我。"

何器愣在原地。

小时候，何世涛怕何器在外面受欺负，所以总是偷偷在她身上装录音笔，即使被幼儿园老师发现，何世涛也没有摘下来的打算，直到上了初中，在何器强烈要求下才没有再继续。

所以小的时候，何器和俞静要说秘密就会写在纸上，后来她们都觉得麻烦，就发明了很多只有两个人才懂的手势。"救我"是个谐音梗，因为何器右脸有酒窝。两人约定，只要一方做出这个手势，就一定要来"救对方"。比如俞静帮何器打断了喋喋不休的八卦同学，比如期末考试何器掩护俞静打小抄。两人乐此不疲，配合默契。

两人小学分开之后，何器考进了最好的初中金淼路中学，传闻那所学校除了卡成绩之外还要卡家境，没有钱考得再好也进不去。而俞静则分流到了全市垫底的六中，每天放学最常见的景象就是不良少年用校服裹着木棍打群架，要么就是一伙皮裤亮衣的"社会人士"在校门口堵漂亮女生。要想在这种环境中生存下来，要么加入其中，更疯更野闯出一片天，要么就是当一个极度边缘的小透明，紧贴墙壁装死三年。俞静对那些拉帮结派的生活不感兴趣，自然选择了后者。但是这并不意味着她不会成为那个被挑选出来的"幸运儿"。

俞静已经不记得自己为什么会被选中了，好像是那天刚刚返校，周末在家卖了两天海货，一身鱼腥味让那个女生很不高兴。她让俞静道歉，俞静觉得莫名其妙，没有理她。放学的时候，就有四个人高马大的男生在校门口堵她，只问她是不是偷了那个女生的手机。后来就有了小巷子里的事。

巷子很深，照不到一点阳光，尽头是一个大型垃圾堆，附近居民的垃圾都会先扔到这里，再让垃圾车统一收走。脏兮兮的黑色斑点早已看不清垃圾桶原先的蓝色铁皮，鼓胀出来的垃圾蔓延到地上，地上掺杂着一些特殊的黑色粉末，是海虹壳被碾碎的形态。

　　俞静跪在地上，头发上沾着海虹壳粉末，脸颊发肿，两耳嗡嗡作响，她闻着自己身上散发的鱼腥味，好像刚被人从垃圾箱里掏出来。女生和男生们快乐地击掌，说自己又更新了手速记录。俞静恍恍惚惚抬起头，正值傍晚，阳光最奢侈的时段，巷子尽头的世界像一条流淌的金河，戴着耳机听歌的女孩、并肩行走的小情侣、带着孩子逛公园的年轻父母、刚打完球擦汗的高大男孩，他们的笑声在阳光下更加清澈响亮，脸颊是被命运眷顾的红润，他们似乎有种权利，可以理直气壮地享受这些而不必感到抱歉。

　　俞静从来没有任何一个时刻希望这个世界就此炸掉、毁灭，那是唯一可以让她感到命运公平的事情。所有人都烟消云散，变成海虹壳粉末一样的东西，上千万的豪车和两毛钱的糖果一视同仁，除此之外，再也没有什么能够救自己。

　　然后俞静看见了。

　　何器和好几个同学从巷口经过，她穿着金淼路中学的制服，白衬衫塞进藏蓝色长裤里，黑色皮鞋，蓝色发带，她大笑着说着什么，发尾沾着金河的水波，脸颊上的酒窝留下深深的阴影。她的目光掠过巷口，迟疑地停滞了几秒。

　　俞静的头发遮着她红肿的脸颊，她弯着腰，喉咙哽住，一点声音都发不出来。她趁面前的女生不注意，缓缓举起右手小拇指，颤颤巍巍地顶在了脸颊上。

何器的目光像一尾金鱼倏然游走，身影消失在巷子尽头。

阳光骤逝，水波汹涌，潮湿腥臭再次笼罩俞静。她的喉咙发出哀号，黑暗像一张鱼嘴把她吞入肚中。

离上课还有两分钟，俞静还是没有找到本子。她气得踢了迟成的凳子一脚，凳子翻倒，露出粘在下面的红色笔记本。

何器低下头，没有说话，脸上露出痛苦的表情。

俞静不再理她，而是小心翼翼地取下本子。

下课铃声响起，走廊传来千军万马奔回教室的跺地声。

俞静晃了晃红色笔记本，看着何器："这个，不许告诉任何人。"

06.
腥气

假的。在这个世界上，我不是唯一演戏的人。

这是一个密码本。

俞静之前只见过门口小超市卖十五块钱的那种，廉价的塑料锁和劣质的纸张。但这个本子的质感完全不一样，光是摸着封面就知道价格不菲。

这节又是老田的课，死亡三点的数学课。老田有句名言"你可以不听，但你不能走神"，俞静虽然不学习，但也不想惹事，与墙根融为一体不被注意就是她的生存法则。所以她磨炼出了足够跻身前排的演技，眼睛不能盯着黑板，而要盯着老田，显得专注，只要不被注意到，就可以幸免于难。

所以此刻，俞静的眼睛求知若渴地盯着老田，手却在桌洞里精细地操作着。

铜制的数字齿轮有三排，指尖钩住圆润的尖角，转动起来有好听的嗒嗒声。齿轮的左边是一个微微突出的按钮，只要密码正确，这个按钮就会变成一个仁慈的守卫，帮自己赚到那一千块钱。

开密码锁有三种办法，一种是推理，比如迟成的生日什么的。俞静皱眉，上次迟成过生日请了半个班的人去他爸爸的酒楼"海鲜凶猛"大饭店吃饭，没被邀请的都是一些对他"毫无用处"的人，比如自己。

第二种就是一个一个试，三排密码也就是一千种组合，等全试完，迟成肯定早就发现本子丢了。

第三种就是像现在这样碰运气。俞静左手微微用力按着按钮，右手胡乱转动着齿轮。

全班齐声说着某个公式，俞静假模假样地张着嘴巴。突然，吧嗒，俞静的左手一沉，守卫退让，大门开启。俞静松了一口气。

俞静捅了捅同桌李康。李康是个瘦得像虾干一样的男生，仿佛有睡不完的觉，但他有一个神奇的技能，就是总能在老田要过来揪他的时候瞬间醒来，然后假装看书，以此躲过了数次偷袭。

俞静让李康帮自己看着老田。李康点点头，翻了个面又睡了。

俞静趁老田回头讲题的瞬间把本子拿到桌子上，压在课本下面，然后小心翼翼地随意翻开一页。

这根本不是什么学习秘籍，而是一本小说集，翻开的这篇叫

《渔家女的快乐午后》，俞静迅速读完，头皮仿佛被一只大手狠狠拽住，她僵在原地，两耳嗡嗡作响。

她看到了自己的名字，在短短的两页纸里，她被体育老师拖到器材室强奸了三次。这篇文章的落款，写着"李康"。

李康搓了搓鼻子继续睡着。俞静心跳如擂鼓，她移动冰冷的指尖，往后迅速翻了几页，柔软的纸张像一把把凌迟的刮刀，让俞静的脊背逐渐发凉。

每一篇都是一个跟强暴和偷窥有关的故事，精美的印刷横线上集合了所有腥膻的汉字，每一页都是一个同班女生的名字，每一篇的落款都是一个同班的男生。字体不一，工整的、杂乱的、尖头的、粗体的，像一丛四处蛇游的倒刺荆棘，蝗虫过境，把纸页刮出黏腻的腥臭。

俞静翻到最后一页，写着何器的名字，她在 KTV 参加完聚会，被人凌辱之后抛尸大海。落款：周言阳。

没有幸存者。

女生们在裙摆下奔走的白皙双腿成了红色本子里的欲望撬棍，精心挑选搭配的衣衫被随意抛扔在墙角、讲台、船舱、公园的游乐场。她们毫无知觉地在另一个世界嘶吼、痛哭、逃跑、破碎，最终被打磨抛光成一个个百依百顺的欲望祭品，或死或伤。

堂堂正正的性教堂里没有神父，男生们选择用这种方式为自己补课。俞静一下子想明白那种在排球课上甩脱不掉的不适是什么，听不懂的手套笑话和男生们发出的默契哄笑是什么。这个本子像是在寂静黑暗的丛林里开闪光灯拍了一张照，所有假装无意在暗处偷窥的眼睛来不及躲闪，反射出肮脏的光斑，惊讶的，不堪的，扭曲的，暴露无遗。

她的脑海中闪过开学那天，同学们在讲台上自我介绍的场景，想到了做操时整齐划一的阵列，想到了晚自习时每个人埋头书堡苦读的景象。原来性欲与高三无关，与过去分词无关，与摩擦力、加速度无关，负片的世界里，性的关节在横平竖直的排名表和吱吱作响的白炽灯下早就疯长到遮天蔽日。

俞静恍惚地抬起头，全班男生都回头面带嘲讽地看着她，大声议论着她听不懂的语言，窗明几净的教室瞬间如一个密封的陶罐，哄笑声被反复折射，形成震耳欲聋的闷响。

李康捅了捅俞静的胳膊，她触电般弹开。等她反应过来的时候，老田正步下讲台，飞快朝这边走来。俞静眼明手快地把本子扔进桌洞。

"站起来。"

俞静摇摇晃晃地站了起来，努力回到正片的世界。教室里所有的目光追随着老田投递到自己身上，瞳孔恢复正常，装满惊讶、同情、关心。

假的。在这个世界上，我不是唯一演戏的人。

"看的什么呀那么认真？叫你都没反应。"

老田掀开俞静的课本，什么都没有，老田目光下移。

"桌洞里是什么？"

俞静回过神来，双手紧紧扣住桌角。

"拿出来。"

俞静还是没动，李康睡眼惺忪地看了她一眼。

俞静喉咙深处涌出一股恶心，拿出来又怎样呢？作恶的人又不是我。她把目光轻轻抬起，看着老田的眼睛，左手有松开之势。然后她看到了何器。

何器坐在第一排，靠窗，极好的位置，阳光镶进教室，她刚好被框在这个金色的三角形里面，像那个下午一样，站在波光粼粼的河堤边上，享受着无忧无虑的生活的假象。如果交出来，势必会把她推进和自己一样万劫不复的深渊。

交出去，老田会管吗？大概率不会，大概率会还给迟成，不痛不痒地批评两句，毕竟他手上那块价格不菲的机械表就是迟成爸爸装在海鲜礼包里送给他的。

"拿不拿？"老田越生气声音越低。

来不及想明白了，老田冷哼一声，开始摘手表。俞静知道自己完了。

对盐洋市实验高中这种标榜"盐洋小衡水"的学校来说，所有变态的规章制度都可以冠上"军事化管理"的正义之名。老师们手握最高权力，搜身、辱骂、体罚、踹宿舍门都是被校方和家长们默许的，打自己孩子说明老师在乎，愿意在孩子身上花时间，甚至还有家长开家长会的时候质问老师怎么不打自己家孩子，是不是偏心？老师唯一的工作是"教育"，所有能让成绩提高的方法，都是对的。

老田把表细心地揣进兜里，挽好袖子，拿起俞静的数学课本卷成一个桶状，像一个棒球运动员一样蓄势待发："背一下余弦定理。"

他知道俞静背不出来，他只是给自己接下来的行为找个正当理由。

"砰！"

书本打在头上是无聊的撞击声，声音大，但不疼，跟爸爸的绳子抽在背上的感觉差远了。

"拿不拿？"

老田重新卷了一下课本，露出书脊。

真正疼的是用书脊打，凌厉的塑胶直角会磕到额头，现出细细的红印。老田一下一下打着，整间教室像一座安静的墓园。

俞静猛地沉下头，用头顶拯救脸颊。在碎发的空隙里，她缓缓投射出目光，冰冷地扎向角落里的迟成，仿佛在瞄准一只将死的猎物，一只会为了生存而乞怜下跪的狗。

迟成被看得有些发毛。自从升入高中，他和俞静就是井水不犯河水的静止状态，他知道俞静被霸凌的事，也知道那就是她现在沉默寡言、独来独往的原因。他在看到新闻的时候，心里闪过一丝痛快，小学毕业典礼的"袭击"早已因为俞静爸爸带着她跟自己道歉而结束，但他一直忘不了俞静像猎豹一样把自己撞到地上、用刀抵着自己喉咙的感觉，那双漆黑的眼睛剜住自己，不带一点感情，仿佛真的会置自己于死地，就像现在一样。

突然间，他明白了一切。

本子。

他缓缓将右手伸向凳子下面，果然是空的。

迟成喉咙发紧，仿佛被人攫住脖子，一寸一寸揪起来。沉重的闷响敲击在他的神经上。迟成张了张嘴巴。

"老师。"

有人站了起来，全班的目光循声而去，老田气喘吁吁地停下，也望向那里。

何器举着手机，对准老田的方向，阳光在她脸上切割出一道锐利的尖。

"我都录下来了，要不要我发到网上呢？"

07.
鱼钩（上）

明明一切都在自己的计划里，怎么就一个死一个坐牢了呢？

何器走出监狱，被一阵风沙眯了眼睛。

这儿是盐洋市郊区，荒凉，空旷，只有不远处一座破旧的公交车站和杂乱的绿化带突兀地长在这里。各色垃圾袋随风悠游地打着卷，跟高墙里的人炫耀着自由。

离这里三公里就是"千秋苑"公墓，何器的坟就在那里。何器本来想去看看，想了想又放弃了。当务之急是找到那个本子，验证周言阳的话。换魂倒计时不知道什么时候结束，万一凶手真的另有其人，自己说不定正处在危险当中。

何器拉开车门，何世涛启动汽车，轮胎摩擦干燥的路面，扬起细碎的沙尘。

几秒后，一辆黑色轿车从蓬乱茂密的绿化带后面缓缓驶出，远远跟在后面。

"为什么去学校？"见何器没说话，何世涛手指不安地敲着方向盘，"是不是周言阳说什么了？"

"周言阳说不是他。"

何世涛轻蔑地笑了："你信？"

"再等一两个月，他就能去北京上大学了，没有理由那个时候杀人。"

"他不是喝多了吗？再加上……"何世涛顿了顿，像是下定决心似的说下去，"我威胁过他，他可能一直怀恨在心……"

"什么时候？"何器一惊。

"高一那会儿。你班主任打电话给我，说你早恋，还说那小子家里连一只好碗都没有，但是成绩不错，让你们别互相耽误。我就去找他了，他不愿意分，说你俩是真爱，把我气得，就打了他一顿……"何世涛声音沉下去，"所以看到凶手是他，我特别自责，我一直在想，到底是不是因为我。"

何器想起来，周言阳跟自己提分手时，脸上确实带着一点淤青，他说是打鱼的时候摔的，她当时并未在意。

"爸，不是你的事，别想了。"何器闭上眼睛。

何世涛当然不知道，他们分手的真正原因，是那个红色的本子。何器不想解释，因为现在说这些早就没有意义了。

车子停在实验高中的校门口，门卫大爷不耐烦地探出头来。

"走走走！放假呢！不让进！"

"大爷，我去年刚毕业的，来给田老师拜年。"

"学校规定，赶紧走！"

何世涛从车窗里递出一包烟："我们一会儿就出来！"

何世涛不抽烟，但是在盐洋这地儿，随身揣包烟总有用上的时候。果然，大爷眉开眼笑，按开电动门放行，叮嘱天黑前出来。

何世涛的车开进去，电动门立刻关上。

校门口不远处，路灯次第亮起，那辆停靠在路边的黑色轿车缓缓启动离开。

没有学生的校园跟没插电的电视机无异，坚固冰冷，毫无生气。车子路过光荣榜，何器和周言阳的照片还在，但早已被太阳晒褪色，只剩下一片晕开的蓝白，双眼无神，像两张并排的遗照。

教职工家属楼靠近学校操场，但属于校外，需要开车绕一大圈。红砖破墙上贴着维修小广告，看上去有些年头了。密密的两排，中间被一行粗壮的梧桐隔着。家属楼是给第一批教职工的福利，但是因为年代太久，设施简陋，老教工们要么搬走，要么便宜租给年轻的教职工和家属住。老田的房子就是租的，以前何器来补过一次课，所以记得。

正值晚饭时间，不少亮灯的窗户传来炒饭的声音，饭菜的香味让冷硬的空气有了些温度。

"我陪你一块儿上去吧！"何世涛解开安全带。

"不用了，我一会儿就下来。"

"你现在不能一个人单独……"

"为什么不能？我又不跑，只是去拿个东西，不用这么紧张。"

何器说完，径自上楼。

何世涛盯着她上楼的背影，笑容慢慢消失在脸上。

他打开车门下车，看着六楼的窗户，面无表情地戴上了监听耳机，里面清晰地传来了何器的声音："田老师，是我。"

"谁？"

老田穿着围裙，开了门，手上还拿着铲子，他看到俞静的脸吓了一跳。

这两天，"换魂"的新闻满天飞，他再不想看，也躲不过好事的同事亲戚把网上的各种报道发给他，毕竟都是他班上的，比当时发现何器的尸体还热闹。

他犹豫着该叫她什么，如果按照新闻上说的，眼前这个人应该算是何器。

"何……何器？你怎么来了？"

如果真的是何器，老田就有一肚子的话想问。他心底那股一直没散出去的怨气又升上来了。

谋杀案发生后，学校大为震动。老田作为班主任自然就被处分了，不能当班主任，被贬为普通的数学老师，没有单独的小办公室，只能教最差劲的班，年终奖都被扣了。就这种结果还是给校长塞了不少礼换来的。这大半年他像老了十岁，干什么都提不起精神，老婆找碴吵架他也没力气回嘴。他怎么都琢磨不明白到底哪里出了问题。

高一那会儿他拿到分班，高兴地自己在家喝了顿酒，年级第一和第四都在自己班上，高考肯定差不到哪儿去，说不定还能撞上两个清北苗子，自己也好在优秀教师的履历上多加一笔，外加一笔不菲的奖金。有一天他收到一张小字条，说周言阳在跟何器谈恋爱，他当时就慌了，于是私底下告诉何世涛，但他没告诉周言阳的妈妈，他知道周言阳的妈妈没什么文化，对儿子一向很放心，说了也没用。也不知道何世涛跟周言阳说了什么，两人就真的分手了，学习成绩也一直没掉下去，高考也都发挥得很好。明明一切都在自己的计划里，怎么就一个死一个坐牢了呢？

何器面无表情："我来跟你要个东西。能进去吗？"

老田想了想，让出身子。

屋里很冷清，满是油烟味，开着灯，瓦数也不高，整间屋子显得更加低矮逼仄。地上堆着一些礼盒。墙上满满当当贴着不少东西，大润发搞活动送的福字、桃李满天下的锦旗、大大小小的历届毕业生合影，沙发上堆满了小孩的玩具和认字卡片，一个一岁多的婴儿在角落的摇篮里熟睡。厨房里的锅嗞嗞冒着油烟，老田进去关了火，解下围裙。"你想要什么？"

"那个本子，红色的密码本。当时被你没收了。"

老田的汗一下子下来了，他避开何器的眼睛："你先坐。"

老田从冰箱拿出一瓶饮料递给何器，何器没接，不依不饶地盯着他："老师，我在那个本子里死了一次，你没管。老天爷又让我活了一次，你这次还想袖手旁观吗？"

老田的手停在半空中，他倒吸一口气。

记忆轰然长出关节，咔嚓作响。

08.
鱼钩（下）

俞静，好久不见。

2018 年高一那节数学课，老田用书脊一下一下打着俞静的头，整间教室寂静无声，何器拿着手机站起来制止，说要发到网上。老田顺势停了手，他想了想，何器的老爸还有点影响力，就这么点事，不至于闹大。刚好下课铃响了，他就顺势"放过"了俞静。谁知道当天晚上，俞静和何器就拿着一个小红本，扯着迟成来找自己"告状"了。

俞静、何器、迟成站在角落，迟成满不在乎地左顾右盼。明明是迟成的本子，犯错的却像两个女孩。她们拉着手，像要赴死一样紧紧盯着正在看本子的自己。

那时候正在流行接龙写故事，他本以为又是什么武侠小说，结果一翻开，扉页写着"告密者杀无赦"，再往后翻，整个一黄色小说集，文章内容香艳无比，还有不少他都没见过的词。老田想笑，但是忍住了。毕竟是青春期的男孩嘛，有这样的冲动和幻想太正常了，学校不让上性教育课，生物课都遮遮掩掩，哪个男孩不是摸索着过来的？其他班抓到过男生把女生偷偷带回宿舍，还有个（14）班的男生在女厕所偷拍，相比之下，这个本子里的小说尺度就是小网站上的情节。按照迟成的说法，女生的名字都是借用，不是对照真人。再说了，这是迟成的本子，要是别人，他可以把家长叫到学校来骂骂，但是迟成的爸爸迟宗伟对自己很客气，上次同学聚会去了迟宗伟的酒楼，迟宗伟亲自下来接待，又免单又送酒，给足了自己面子。而且迟宗伟认识不少当地的权贵，日后难免有用得上的时候。

他这样想着，把本子啪嗒一合，扔桌子上。

"回去上课吧！"

俞静和何器明显愣了愣，迟成反应倒是快，一鞠躬："老师再见！"一溜烟跑了。

何器上前两步："老师你不管吗？"

"我会处理的。"

"怎么处理？"何器不依不饶。

老田来气了，使劲拍了下桌子，震得两人肩膀一抖。

"我怎么处理用得着跟你说？何器，我说多少遍了，跟学习无关的事情不要掺和！你看看你现在都掉到第五了，再这样我叫你爸过来！"

何器是个很让他头大的学生，兼具让老师最喜欢和最反感的两个特质，"学习好"但是"不听话"。经常顶撞老师，不听课，语文课上学数学，数学课上看英语，上次家长会他专门找了何世涛，何世涛看上去温文尔雅，像个知识分子，但是居然也拿何器没办法，说她初中时受过伤，身体不好，尽量别刺激她。老田后来也想明白了，只要何器成绩别掉，自己操那么多心干什么呢。

"老师，那你把本子给我吧，我自己解决。"何器的口气像命令，伸手就要拿。

老田赶紧按住本子："这件事到此为止，我会找他们谈话，你们别说出去，不然影响不好。"

"什么影响？他们写就不怕影响不好？"何器还是没退步。

要不是看在她学习好的分儿上，老田的巴掌早就打出去了。俞静在后面拽了拽何器，她回头看了眼，犹豫了一下，松了手。

"好，我相信你。我相信你能处理好。"何器说完扭头就走，俞静连忙跟出去。

老田看两人走出去的背影，气得摇了摇头，把本子随手扔进抽屉，里面都是收上来的漫画、明星卡片之类的东西。他本想不管这事了，但是何器又单独来找过他好几次，每次都问他什么时候解决。老田不胜其烦，只好挨个找男生谈了话，每个人都说是因为学习压力大，写着玩的。法不责众，老田让每个人写一份检讨，这件事就了结了。

"本子早扔了。"老田自己打开那罐可乐，喝了一口，但额头上的汗明显不是热的。

他没敢告诉任何人，其实这个本子他一直留着。因为当天晚上，本子里面的内容给了他一夜春梦。当时他老婆即将生产，两人前前后后有一年没有行房，在同龄男人中，他算老实了，汪主任每次贼兮兮地招呼他去"好地方"他都摇摇头，拿出教案假装很忙的样子。他哪儿是忙，是因为自己的每一分钱都要如数上交。老婆胡琪是市医院的护士，外号虎妞，嗓门大脾气大，最主要的是，虎妞挣得比他多，老田在这个家里更像个会扫地会做饭的摆设。有需求只能自己解决，还不能动静太大。

不知为何，这个本子有一种魔力，明明是一些简单粗鄙横七竖八的描述，但加上班里女生的名字，就仿佛开出了一片名有所属的花田。老田压抑住了罪恶感，没压抑住本能，这种秘而不宣的冒犯游移交织，给了自己无数个充实的夜晚。从此他更喜欢待在学校了，日常的场景蒙上了一层隐秘的滤镜，上课时起伏的头颅，交错的双腿，惺忪的眉眼，就连跑操也让他变得心神荡漾。

但是在所有淫文里，那篇署名周言阳的小说显得格格不入，表面上看是一篇性虐文，但细想一下，就是一场实打实的谋杀。老田这才猛然记起，小说元素与新闻上的碎片报道几乎可以重合，海滩，长裙，裸露的少女。但是他当时没想那么多，只觉得是周言阳闷骚的性格所致。

"老师，你女儿叫什么名字？"何器没头没尾地问了一句，把老田拉回了神。

"什么？"老田一惊，下意识看向角落的婴儿床。

何器慢慢走过去，轻轻晃着摇篮，熟睡中的婴儿闭着眼睛笑了笑，两只娇嫩的小手微微张着，仿佛在做一个香甜的美梦。

"叫……叫好月。"

"好月……好名字，"何器粲然一笑，"老师，还记得我当时说了什么吗？"

何器盯着老田的眼睛："我说'我相信老师'，这句话的意思是，我以为你会帮我们。"

何器停下摇晃摇篮的手。"你有没有想过，好月的名字也有可能出现在那种本子里，被人意淫、亵渎、旁观，没人帮她。我知道你还留着，也知道你都干了什么，所以，你最好现在就给我找出来。"

何器下楼时，天已经黑透了。车子缓缓驶出校园。

"爸，我饿了。"何器仿佛很累，靠着车窗。

"好，回家给你煲海鲜粥。"

"我能自己走走吗？"

"我说过了，我不放心，你现在情况特殊，我得看着你。"

"好吧，"何器顿了顿，"直接去你的饭店吃吧。我还没去过呢。"

前方变成红灯，何世涛的手一顿，手刹嘎吱一声。"你怎么知道的？"

"新闻上说的呀。我记得你以前就想开店，我妈不让。现在你终于如愿了。"

车子停在十字路口，两人脸上变换着红色的光照，看不清彼此脸上的表情。

何器看着何世涛："我死了之后，你的日子好像越过越好了。"

"何爸爸海鲜饭店"的招牌看上去还很新，用彩色的霓虹灯管扭成文字，搭配着七彩的龙虾、螃蟹图案，在一众红底白字的传统布面招牌里显得格外亮眼。

大概是刚开张的缘故，店里客人不多。何器选了个靠墙的位置坐下，点了碗乌贼海鲜面。

"爸，跟我讲讲你这半年怎么过的吧？比如说这家店，我想补上这段记忆。"

何世涛很不自然地笑了一下。"我先去给你下面，一会儿慢慢说。"

何世涛进了厨房，紧张地攥紧了手指。他点开火，泼油，下面，既专注又似心不在焉。等他端着海鲜面出去，何器的位置上已经空无一人。

桌子上，静静放着一枚拆下来的窃听器。

被蒙住的眼睛，被胶带贴住的嘴巴，疼痛的喉咙和肋骨，被绳绑住的双手。闷热的水声，嗡嗡的噪声，嘈杂的脚步声，转动刀子的声音由远及近。

嚓。蒙眼布在后脑勺被划开，隔着一片眼泪糊成的水雾，先映入眼帘的是一条鲨鱼。

墙角的鲨鱼，细密整齐的牙齿，鲜红的舌头，深不见底的喉咙。

椅子被人扶住，用力转过去，她看到了今生再也不想看见的一张脸。

凌浩细长而深不见底的眼睛里折射出两条小鲨鱼，缓缓游到她的脸前。

"俞静，好久不见。"

Chapter 02

第二章

鱼
猎

09.
生锈

那个秘密就像一个翻译器，他的每一个行为都有了另一层意义。

我是俞静。

这是一个残酷而丑陋的故事，但我想先从美好的地方讲起。

想象这样一个夏天的傍晚：2009 年，奥运会的余温还未散尽，沙滩上的人比往年任何时候都多。戴着各色泳帽的小粒人头、五彩斑斓的冲浪板和各式泳裤搅动着碧绿的海水，像撒在冰激凌上的彩色朱古力针。左边的码头，一长排颜色鲜艳的遮雨棚笼罩着挑拣海货的渔民，一位穿着红色雨靴、套着橙黄色冰袖、戴着亮蓝色防晒帽的渔民拿铁敏晾晒虾干鱼干，他机械地挥舞手臂，在码头边缘循环往复地走动，像一个刚上完色的新鲜皮影。

我坐在沙滩边缘一处极难攀爬的水泥墩上观察着周围。这是我的秘密基地，从来没有别人来过。我眯着眼睛极目远眺，紧紧捂着耳朵，一点声音都听不见。这是我自己发明的游戏，捂住耳朵，阻隔声音可以让眼睛更加敏锐，被删除了声音的景色静得出奇，颜色却更加浓烈夺目。我熟悉这片海域的每一块礁石如同熟悉我身上的疤痕，漫长的下午需要一些新鲜感才能过得快一些。

我松开耳朵，熟悉的喧闹声轰然而来，海浪夹裹着尖锐的嬉笑声，《北京欢迎你》的手机铃声，讨价还价声，运货的摩托车呛呛而过，像一只急促喘息吠叫的老狗。我又听到了妈妈在码头上喊我回家吃饭的声音。被烤得发烫的手臂剥落下细沙，小桶里挖到的蛤蜊也放松了警惕，散出长舌。

父亲还没回来。

这段时间，父亲出海的频率越来越高，回来的时间越来越晚，他说他想赶在六月份的休渔期到来前多出几趟海，每次回家天都黑透了，但我还是希望能像以前一样，看到我们家熟悉的小渔船泊进码头，父亲湿淋淋地从背后掏出一只小海胆给我。

妈妈又催促了我几遍。我失望地拿起小桶，蛤蜊瞬间收紧舌头。我小跑奔向妈妈沾满泥点子的电动车。嗡一加速，海边咸腥的空气化作一只冰手，抚着我额前的碎发。我回头望向大海，橙红色的余晖缄默推移着海天相接的柔软线条，整片海滩都仿佛笼罩在一个暖色的滤镜里面。如果那时候的我知道，这将是大海最后一次向我吐露温柔，最后一次庇佑我不必知道这个世界的忧伤和复杂，我一定不会那么早就收回目光。

　　妈妈把我挖的蛤蜊倒进大盆里吐泥，然后把煤球炉支到院子里开始生火，干燥的木柴填进红彤彤的炉膛，压上三块煤球，用蒲扇使劲扇着小小的通风口，不一会儿，升腾的热气就会让妈妈皲红的脸变得扭曲。

　　我跑进爸爸的房间，找出他平日很少穿的一只旧皮鞋。据说这是他结婚时买的，海边人除了婚丧嫁娶，很少有穿皮鞋的日子。但也舍不得扔，就一直放在橱子里。

　　我把鞋拿到院子，高高抛起来。

　　这是我自己发明的"祈福仪式"，规则就是，只要鞋子正面朝上，就说明爸爸能平安归来。每回爸爸没有按点回来，我都会坐立不安，脑补从小听来的海难故事。我用这个仪式悄悄保佑了爸爸无数次。

　　吧嗒！

　　鞋子倒扣在地上。我赶紧捡起来，第二个规则是，三次为定。

　　于是我又扔了一次，还是反面。

　　我眉头一皱，拿起鞋子朝空气拜拜，嘴里碎碎念着咒语，然后朝上一扔。

　　嗞啦！妈妈把葱花、姜丝、蒜蓉、大料扔进油锅，一滴油溅到了我的胳膊上，我疼得叫了一声，妈妈大咧咧地说："赶紧吹吹！"

　　我不满地挠着手臂，又一次摸到了那枚熟悉的圆形疤痕。我胳膊上有三个疤，均匀分布着，从小就有，我曾经问过几次原因，但都被妈妈搪塞过去。

　　"妈，我这三个疤到底是怎么来的呀？为什么何器胳膊上只有一个？"

　　"人家那是打疫苗留的。"

　　"那我呢？"

　　妈妈把一小盆蛤蜊哗啦一下倒进油锅，硬壳碰撞的脆响盖过了我的质问声。

　　"怎么来的呀？你跟我说嘛！跟我说嘛！"我不依不饶地拽着妈妈的衣袖，让她没法安心炒菜。

　　妈妈被我问烦了，指了指堆在墙角的一堆废弃渔具。

　　"喏，看见没，那个鱼叉，你出生的时候，你奶奶不想要你，让你爸自己想办法，你爸就拿了那个鱼叉朝你身上一扎。结果你机灵啊，一翻身，扎你胳膊上了……"

　　蛤蜊在高温下纷纷炸开口，露出白嫩的肉。妈妈被辣椒呛得直咳，断断续续说着："你哭得哟，方圆十里都听见了，你爸也哭了，没忍心再扎下去。要不是你爸那时候心软，你现在还不知道在哪儿呢！"

　　鲜甜的乳白色汤汁聚在锅底冒着均匀的泡泡，铁铲抄起坚硬定形的蛤蜊，堆进一个白色圆瓷盘。

我呆呆地看向墙角，深黄明亮的院灯照着那把被锈蚀成红棕色的三尖鱼叉，在墙角留下一团尖锐的浓雾。我想起来了，从我出生起它就一直立在这里，和其他废弃的渔具一起，刮风下雨艳阳高照全都一动不动，冬天落着薄雪，夏天缠着藤蔓。如今看来，它就像一个未被兑换的墓牌，提醒着我欠它的那条命。

木门被哐啷一声推开，父亲的雨靴拖地行走，听上去疲惫迟缓。我猛地缩起身子，下意识看向地上的鞋——它正面朝上，又应验了。但更大的麻烦随之出现，父亲最讨厌我进他房间动他的东西，每回我做完"仪式"都会小心放好，但这次来不及了。

果然，父亲高大的身影在皮鞋前面停住："这鞋怎么在这儿？"

妈妈在客厅摆碗筷，没有听见。我站在原地，一点都不敢动弹。

我忘了那天晚上究竟是怎么结束的了，只记得我哭了一整晚。从饭桌哭到浴室，从浴室哭到床上，哭得母亲不知所措，哭得父亲满脸厌烦，哭到满嘴都是铁锈的味道。

我以为我会永远珍藏的童年回忆如今细想起来充满倒刺，像父亲笑着，从背后递给我的那只海胆，再也不敢握紧。

我想起父亲以前总是偷偷打量我，吃饭的时候，做作业的时候，玩耍的时候，甚至睡觉的时候。有一次，我半夜突然醒了，闻到父亲在不远处抽烟，我眼睛偷偷睁开一条缝，撞上了父亲的眼神。今天之前，我都以为那是他对我沉默的爱意，像天下所有寡言的父亲一样。现在想起来，才读懂那被明灭烟灰所掩盖的冰冷和恨意。

我和母亲秘而不宣地都没有再提起这件事，我也没有问过父亲有关那个鱼叉的事情。因为没过几天，那个鱼叉径自不见了，空旷的墙角，杂乱的藤蔓堆在地上，像掉了一帧的定格动画，仿佛从未出现，生活也变得像以前一样一成不变。

唯一改变的是，从那天开始，我学会了撒谎。

父亲让我知道，真正的撒谎不是小打小闹地偷没偷钱、做没做作业，而是活生生地扮演另外一个人。那个秘密就像一个翻译器，他的每一个行为都有了另一层意义。他尽心尽力地扮演一个称职的父亲，尽管他掩饰得很好，可是每当那群男孩踢着球从码头上呼啸而过，我还是能不假思索地看出他眉眼间的遗憾意味。我知道，父亲终其一生都会思念那个未成人的哥哥，那个与我未曾谋面的男孩会在他的心里一点一点成长为一个没有缺点、前程似锦的人。

于是从那天起，我也开始尽心尽力扮演一个懂事的女儿。只要演技够好，就不会有人怀疑你是否踩在裂缝上行走。我还是会在码头上等他，帮他摆好碗筷，留短发，踢球，像个小男孩一样在他面前跑来跑去，做一切我觉得他可能会高兴的事情。我想知道，他会不会有那么一刻觉得满足，觉得有一个女儿也不错。我想知道那天父亲顿住鱼叉时心里在想什么，看着号啕大哭、浑身是血的我，那一刻心里涌起的是恐惧，还是父爱？

在父亲面前练就的演技让我在学校如鱼得水。"懂事"一直是"早熟"的柔和用法。我喜欢被老师信任，喜欢被人包围簇拥的感觉，合群意味着你代表了某种正确，意味着被需要。但何器不会，从幼儿园开始，她就像一条娃娃鱼一样伏在课桌上，懒懒散散。我那个时候特别羡慕她的慵懒，慵懒意味着，你根本不必讨好别人，不用回应所有人的评价，不必小心谨慎，不必对周遭的世界面面俱到。

后来她跟我说，她最羡慕的人也是我，如果有可能，好想和我交换人生。

一语成谶。

只是，现在只有我拥有了她的人生。

10.
虾皮

迟成不想下不来台，继续叫嚷："我说你是穷鬼！你们全家都是穷鬼！"

    持续好几年的拆迁开始之后，很多个周末，我和何器都会跑到那堆断壁残垣里面"寻宝"——断头的娃娃、七彩的马赛克瓷砖、黑色花边的胸罩、面目清晰的无名结婚照和全家福，印象最深的是一本被撕烂的粗制印刷杂志，封面上一个穿薄纱的女人妖娆地靠着床头，当时那些看不懂的字眼后来都在迟成的本子里得到复现。

    倾圮废弃的墙壁百孔千疮，挖掘机刮开雪白墙壁露出的红棕色砖头宛如自残的手臂。成山的建筑材料和垃圾堆在烈日下，掺杂着长期生活在那里的人们的体味，和我家的味道一样，现在才明白那是贫穷的酸涩。那时候我们完全不相信这里日后会变成游人如织的森林公园，还有迟成家光鲜亮丽的海鲜酒楼，我和何器、迟成也会因为这堆废墟走上完全不同的人生道路。

当我告诉何器，我胳膊上三个圆形疤痕是因为我小时候爸爸曾想杀死我，她哭得比我还厉害。过了一会儿，她掏出水彩笔，在自己胳膊相同的位置上也画了三个圆点，口齿不清地说："你看，我们一样了。"

我蹲在那堆废墟上，看着何器为我哭到通红的脸颊，竟然释然了这三个疤痕带给我的痛苦。我以为我人生的苦难就此可以结束，可以相安无事地慢慢长大，和何器成为永远的朋友。但是，如果我的童年可以重新来过，如果我能够在剪接出错的地方重新醒来，我会毫不犹豫地在小学毕业典礼的后台按下暂停。

那天原本是我最快乐的一天，结束了痛苦的小学生活，和何器约好了一起去离家最近的初中继续我们的友谊，这是我和爸爸磨了很久才换来的。因为以我的成绩，到这个学校还要交一笔几千块的择校费。这笔钱已经上升到了我家重大决策层面，我跟他保证以后绝对好好帮家里干活，相当于预支的工资，他才勉强同意。

那天却是何器最难过的一天，她的父母经过漫长的冷战终于决定离婚。她很大可能会被判给爸爸，因为她妈妈要去日本做生意，不可能带她走。为了让她开心一点，我把毕业礼物提前给她，是一对红樱桃头绳。她立刻把马尾辫散下来，双手灵巧地编出两条麻花辫。我从小就羡慕她有这样一头长发，还有一个会教她编辫子的妈妈。何器果然开心了许多，神神秘秘地说我的礼物要放学之后才能给。

当迟成甩着刀片划破手指，用一种自以为壮烈的方式跟何器告白时，我们短暂的快乐结束了。何器被吓得眼睛蓄满泪水，我当场怒不可遏，一把推开迟成，他先是呆住，接着指着我的鼻子骂我"穷鬼"，我上前紧逼一步："你说什么？"

周围都是看热闹的人，迟成不想下不来台，继续叫嚷："我说你是穷鬼！你们全家都是穷鬼！"我一拳挥到他的鼻子上，他难以置信地捂着鼻子，看了看比他高半头的我，气势上输了下去，但嘴上不依不饶："俞静，你爸爸就是穷鬼命！你不知道吧？我家拆迁的水产仓库之前是你爸爸的，他自己卖了。"

我愣在原地，他接着说："现在后悔死了吧？不然现在就是你家开大奔了！穷鬼！穷鬼！"

周围的起哄声也变成了声调一致的"穷鬼"，那些人都或多或少收过他的好处。

我先于何器一步把迟成踹翻在地，夺过刀片抵住了他的喉咙。

周围一片哗然的尖叫。

在我出生之前，盐洋市渔业局开始推广南美白对虾的水产养殖，当时传统捕鱼业日渐式微，再加上私人小渔船根本无法跟驰航水产的大渔船相抗衡，我爸爸动了心，说服妈妈把姥爷留在大泉港的两栋老宅改造成一个对虾养殖场，为了达到国际标准的养殖环境，引进最优质的虾苗和养料，他们俩前前后后花光了所有的积蓄，还借了一大笔钱。

一开始两人没日没夜地看虾苗，测水温，放饵料，对虾长得很好，还被村里当成了养殖标兵。等对虾长到能卖的时候，安监局的人过来抽样，结果发现药品残留严重超标，发现了大量激素成分，当场就把养殖场列入了黑名单，所有产品禁止售卖。我爸百口莫辩，说是被人下药了，但是没安监控，什么证据都没有，只能认栽。等着收虾的客户全跑了，所有的付出血本无归，我妈大着肚子，当场瘫在水池里。

好好的肥虾没人打理终于烂在池子里，苍白的虾壳浮在水面，菌群丛生，散发出恶臭。借钱的债主三天两头上门，我在这个当口出生，又成了压在父亲眉头的一朵阴云。

这时，迟宗伟像救世主一样出现了，他说自己也想搞养殖，出了一大笔钱买走了父母的养殖场，这笔钱不仅能还上所有的欠债，还有盈余。为了保住爸爸的面子，迟宗伟还聘请他当技术指导，这样一来，爸爸根本没有拒绝的余地。

但是迟宗伟买完养殖场之后什么都没做，就放着，直到一年多后，拆迁的红纸贴在村头，爸爸这才反应过来自己被骗了，甚至怀疑药物超标也是迟宗伟搞的鬼。他上门要说法，被迟宗伟的手下打了一顿，威胁他再来就报警。吐在爸爸身上的唾沫也沾着三个字"穷鬼命"。

那天，爸爸匆忙赶到学校后台时，刚好轮到我们班表演，迟宗伟让徐老师先组织表演，就留下我跟迟成："这是两个大人之间的事，再说底下都是领导，耽误演出进度不好。"徐老师感激地看着他，然后组织同学们依次上台，何器死活不去，但她是领唱，还是被徐老师拽走了。

我们班演唱的是《大海的故事》，隔着厚厚的绒布幕帘，一阵掌声之后，海浪前奏响起。我看见迟宗伟把迟成的脖子亮给爸爸看，上面有一道细微的划痕，连皮都没破，但是迟成哭得像只螃蟹，迟宗伟挺着河豚一样的肚子，仰着头大声说着什么，爸爸一动不动，冷漠地听着。

我不知道他们在说什么，耳朵里只有何器带着哭腔的歌声——"大海的故事很多很多／像晶莹的珍珠一颗一颗／从祖父的祖父到外婆的外婆／都讲着大海的渔船／都唱着悠悠的渔歌……"

迟宗伟掏出一条新裤子，用力一扔，裤子搭在了我爸爸的肩膀上。爸爸呆立半晌，缓缓蹲下去，把迟成尿湿的裤子脱下来，拿出湿巾一点一点擦着他的腿，接着给迟成穿上裤子。迟成这才露出笑脸。

这是我第一次打量父亲，他穿着一件薄透的白衬衫，那件衬衫是他唯一一件白衣服，只有比较正式的场合才穿，但早已洗得发黄了。他身材干瘦，白衬衫鼓胀着，像一层脱肉的虾皮浮在他的身上。我也第一次知道，一个高大的男人蜷缩起来，会比一个六年级的男孩还要矮小。

那天晚上，爸爸用编渔网的尼龙绳抽了我一个小时，我的背上织起一片淤红，他要让我记住两件事："当官的，有钱的，这两种人永远不准招惹，不准得罪。他们跟你是两种人。"第二件事，是"认命"。他付出了极大的代价才认清这两个字，他本来以为可以靠着那个虾塘改变命运，但是他忘记了更值钱的东西是"消息"，一张酒桌，一份厚礼，换来嘴巴一动，无数人的命运就会顷刻改变。你无法改变这些，也无法跟这些东西相抗衡，只能说服自己，这些东西自始至终都不属于自己，认命的穷人才能活下去。

但我只记住了第三件事。他气喘吁吁地把尼龙绳扔到墙角，咕咚咕咚喝了一大杯凉透的茶水，从牙缝里啐出一句："我当时为什么没把你叉死！"

11.
结痂（上）

我不想让她知道我皱巴巴的人生也许会就此溃烂下去，以我无法阻止的速度。

　　我从来没有邀请别人到过我家，包括何器。因为那些好不容易被校服掩盖的东西，一推开家门就全都暴露无遗。但是这次，何器执意要来看我，我无力争执，只好同意。

　　父母早早出门卖货，这几天我没和他们讲一句话。背上的伤还没愈合，一动就疼，家里没有空调，只有一个咯吱作响的老风扇对着我吹。我趴在床上，听见何器推开虚掩的木门走进屋里，我屏住呼吸，仿佛这样就可以替何器屏蔽屋里永远都散不掉的腥臭味。但她仿佛什么都没闻见，径直走进来，慢慢掀开盖在我背上的薄被，我忍不住咝了一声，她放下手，两大滴眼泪瞬间滑落，手忙脚乱地擦着，然后从包里拿出毕业礼物给我。

　　撕开浅驼色螺纹包装纸，是两只做工精细的海螺，手掌大小，握在手里有温热的质地，跟这里海边批量卖的海螺很不一样，尖上还缠着两根泛光的彩绳，我的是蓝色，她的是红色。何器说这是她妈妈从日本一个盛产海螺的小镇带回来的礼物，当地人出海一定会带着一只海螺，传说如果人在海上遇到危险孤立无援，海螺里就会走出一位美丽的神灵救人于危难。

我早已过了相信童话的年纪，但还是高兴地把它放在耳边，听里面传来熟悉又陌生的风声。

何器低下头，犹豫着告诉我，她果然被判给了爸爸，妈妈留了一大笔抚养费之后去了日本，她虽然想和妈妈在一起，但是没办法。为了让何器接受更好的教育，何世涛花了很多钱把何器送进了盐洋市的贵族初中金淼路中学。

"所以，我们不能一起上初中了，对不起。"

风声离开耳朵，我没有看她的眼睛，酸胀涌入鼻腔。我本来想告诉她，那件事之后，我爸爸不同意给我交择校费了，以我的成绩只能去盐洋市最垃圾的六中，所以就算何器不去金淼路中学，我也没法和她在同一所初中读书。也就是说，我们无论如何，都要在这个夏天开始分开。她焦急地问我："但我们还是好朋友，对吧？"

我抬头打量何器，她高高的马尾上系着我给她的头绳，没有褶皱的衬衫塞进裙摆，脸上带着毛茸茸的稚嫩和希冀，她的人生会一往无前，认识与之相配的新朋友，穿着我叫不上牌子的衣服，谈论我插不进嘴的话题。更重要的是，我不想让她知道我皱巴巴的人生也许会就此溃烂下去，以我无法阻止的速度。在那种不堪到来之前，我想在她面前留住最后的体面。

我把海螺塞回她的手里："我们绝交吧，不要再来找我了。"

我拉黑了何器所有的联系方式，也没有告诉她我去了六中。某次回家，看见她在家门口等我，我立刻躲了起来。她一直等到天黑，把一个东西轻轻放在门口，才慢慢骑车离开，融进四合的夜幕里。我走过去，发现是那只被我还回去的海螺。

从那以后，她再也没有找过我。

初中生活不出所料地漫长、无聊且残酷，没有人学习，只要有人想学习，第二天书本就会被划烂、扔进脏水桶。霸凌是随机的，不是你欺负别人，就是别人欺负你。他们还喜欢从危险的游戏里寻找乐趣，开水房里互扔暖水瓶，学成龙用刀尖快速插对方手指缝，摞椅子天梯，挑战爬到最顶层。老实的学生看到都是绕道行走，尽量不惹祸上身。情况严重的话，老师会叫家长来学校，家长们十有八九不会来，来了也只是让老师随便打。

我坐在最后一排，看着他们，感觉自己身处一个无人参观的野生动物园，长满犬齿的小兽相互舔舐、撕咬，不为称王，只是为了获得痛感，流血是为了结痂，伤疤是活着的证明。尽管他们身体力行着"桀骜不驯"的表面意思，但我也是在他们身上理解了"认命"的真正含义。

因为父亲的那句话，我和他同时放弃扮演一对正常的父女，这反倒让我们的关系轻松了不少，每次回家，我们都形同陌路。他再也不用展示生硬的关心，我也不用假惺惺地回以感激。只是从那以后，我养成了一个深恶痛绝的习惯，只要我一紧张，就会反复摸那三个伤疤，停不下来。

我在学校的大部分时间也是沉默的，于是被简单划分为"尿包"那一类人，毫无存在感，像鱼尾上的一片鳞，但还是有人注意到了我。

不知从何时起，我的暖壶里总是会莫名装满热水，挂在桌边的垃圾袋经常被清空，桌洞里时不时还会出现一些小零食。青春期少女对于爱意的敏感不亚于被撬离岩石的海葵，只要稍加留意，一个眼神就能确定。

"嫌疑人"是一个高瘦的男生，总是低垂着头，外号叫"唐僧"，因为他一跟女生说话就会脸红。听说喜欢他的女生不少，所以确认了是他之后我非常意外，但我依然默不作声，内心惶惑大于欣喜，也不知道该做什么，因为没人教过我要怎么应对善意。后来我学着别的女生的样子悄悄"回报"了几次，比如在他打篮球的时候，往他挂在操场边的校服里塞一瓶冰水，或者晚饭时多打一个肉夹馍递给他。

有天晚自习，我突然收到他的字条，让我去顶楼楼道。我没有多想，假装上厕所就跑了上去。顶楼一片漆黑，长期堆放着一些纸壳，我看见他单薄的身影坐在角落，身上的运动服反着荧光。

"找我干吗？"我轻轻问。

他没说话，而是拍了拍身旁的空地。黑暗放大了各个感官的反应，我席地坐下，冰冷的地面与身体相接，我瞬间起了一身鸡皮疙瘩。一片寂静中，能听见隔壁办公室隐约传来一个老师训斥学生的声音："什么样的电池对环境危害最大？是含汞银镉的电池！你写的什么？啊？七号电池？"

我们不约而同笑起来，他呼出的气体轻轻拂过我的脸颊，带着口香糖的甜味，他的手指若有若无地拂过我的手臂，一阵从未有过的战栗刺遍全身。我的心咚咚直跳，静静等待接下来要发生的事，但是他突然站了起来，我以为有老师来了，连忙也要站起，他却一把按住我的头不让我动，我有些困惑，他的力气很大，弄得我有点痛，我想要挣脱他的大手，但他依然一动不动，脸上现出羞愧和恳求的神色，我瞬间明白过来他想让我做什么。那一刻，一阵巨大的恶心涌出胸腔，我使出浑身的力气打开他的手臂，狠狠推了他一把，他期待的脸上立刻爬满失望，沉默了几秒之后，他如梦初醒般地看着我，然后哐哐哐跑走了，还不小心摔了一个跟头。

隔壁办公室的训斥依然没有停止，我独自在地上坐了很久，肚子莫名绞痛起来。我没有哭，而是专注地听那个老师骂完了一整张试卷，直到下课铃声响起，我才慢慢站起身来。

再次回到教室，全班同学的目光像探头一样射过来，窃笑着议论着。高瘦男生低着头，我抿紧嘴巴，径直走向最后排的座位。第一排的男生突然皱起眉头回头望我，然后发出一阵尖锐的爆笑，接着那一排的人都爆发出哄笑，我疑惑地转身，这下全班都看见了——我蓝色的校服裤子上晕着一摊鲜艳的红色。

"俞静破处咯！"

有人喊了一声，我僵硬地站在原地，环视了一圈，然后低头快步走出教室，根本没有注意到在所有嘲弄的目光里有一双充满怨毒的眼睛狠狠剜着我。十天后，她会带着四个男生在校门口堵住我，说我身上的腥味熏得她头疼，然后把我带去那个满是海虹壳粉末的噩梦之地。我差点忘了，她追了"唐僧"很久，但是一直没有成功。

十六个耳光并非这所学校里最严重的酷刑，但变成一段像素模糊的视频发到网上，加上我凄惨的哭号，就足以挑动网友的神经。教育专家们难以置信地暂停画面，反复质问现在的孩子怎么了，原本承载希望的八九点钟的太阳成了毒日。这无疑对他们展示了一个过于恐怖的新世界，但这就是我们的世界，严丝合缝，如冰融化于水一般正常的世界。

但是这段视频的拍摄者和发布者始终没被找到，直到两年后，那节数学课结束后，何器怒气冲冲地拉着我走出老田的办公室，一直走到两栋教学楼之间的连廊上，沉默很久才跟我承认，那段巷子里的视频其实是她发的。

12.
结痂（下）

以前都是你保护我，现在轮到我保护你了！

2016 年，何器刚刚参加完校庆，拿着"最受欢迎校园歌手"的奖杯准备跟朋友一起去一家新开的刨冰店吃刨冰，那家店就在俞静学校旁边。

路过小巷的时候，她远远看到几个穿六中校服的人站在阴影处吵吵嚷嚷，对一个跪着的女生连踹带骂，何器刚想上前，就被朋友拦住。

"快走快走！别管！"一个短发女生推她往前走了几步。

"打死人怎么办？"何器固执地停脚。

"六中你不知道吗？都是些祸害，打起人来不要命，你管连你也一块儿打。"

"真的真的，那几个男的都是学体育的，我朋友跟他们打过球，打输了吧还不认，把我朋友一顿捶，在医院躺了好几个星期呢！"

"何器，走吧，晚了没有折扣了。"

几个女生拽着何器，何器不放心，又折回去看了一眼，她突然看到那个女生慢慢把手举到脸颊。但是隔得太远，俞静的头发也被扯散，挡在脸上，何器根本没有认出那就是俞静。

何器想了想，还是决定让朋友先走，一会儿再会合。

她悄悄绕到巷子后面的围墙附近，踩着墙后堆积的建筑垃圾慢慢爬到墙头，点开手机录像，画面里，只能看到几个人的头顶，为首的女生大声骂着："臭婊子！勾引我老公！"一面连扇十六个耳光。何器从脚边摸到一个酒瓶，朝一旁空地用力砸下去，几个霸凌者抬头，露出面孔，何器迅速藏起来。

"谁啊?! 出来！"高壮男生一声呵斥，吓得何器攥紧手机。

沉默半晌，另一个男生说："走吧走吧，一会儿来人了！"接着是一阵杂乱的脚步声，巷子恢复平静。

何器慢慢探出头，巷子里早已空无一人。

当晚，何器发布了视频，尽管没有被霸凌女生的正脸，何器还是做了处理，只露出霸凌者的面孔。很快，舆论发酵，引起众怒，画面里每个人的身份都被扒出。何器这才知道，那个蜷在地上如同弃尸的人，正是俞静。

"我本来想去找你，跟你解释清楚，但我没想到，后来事情会变成那样。"何嚣看着我，眼里满是内疚。

因为网友的施压，六中校领导不得不出面处理，开除了那几个人，为首的女生被她爸爸拽着脚踝拖出教室，杀猪般的哭叫声惹得全走廊的人都来围观，那个女生突然大吼："俞静是小偷！她偷我的钱，我才打她的！爸，她偷我的生活费，她还撒谎，死活不还我，还骂我……"

闹哄哄的教室突然安静下来，大家难以置信地看向我。

我错就错在不该笑出声，这么明显的污蔑怎么会有人信呢？但是我错了，为了拯救这个可能马上就会被她爸扔下楼的人，全班人都沉默了，这样的沉默使我真的变成了那个凭空虚构的贼。

我至今都想不通，他们既然会对眼前的暴力于心不忍，又怎么会对长久的暴力视而不见呢？

于是，事情反转，这个世界总是热爱反转。

那个女生不仅没被处分，还被当成正义使者，领导老师们当然希望是这个结局，这样就不是他们的教育和管理出了问题，而是我出了问题。

我被打的画面被人做成表情包，配上文字"打你就打你，还挑日子吗？"，在年级群里一直用到毕业。

"对不起俞静，我怕你知道是我拍的视频就再也不理我了，所以我一直不敢去找你，没想到咱们又分到一个班。"

我和何器站在五楼的连廊上，可以看到远处操场上几个班级正在列队排练新的广播体操，小音响里的口号声隐约传来，蓝白相间的校服跟随四肢整齐摆动，每个人都一模一样，面目模糊，像批量生产的发条人。

"你还记得小学毕业的时候你替我打迟成吗？还有好多次，别人笑话我的口音，都是你替我出头，你总是走在我前面，说就算有车撞过来也是先撞你。"何器声音低下去，"我不知道你怎么样才能原谅我，我们才能重新做朋友……"

见我没有说话，何器有些不安。"以前都是你保护我，现在轮到我保护你了！"她拿出手机，点开老田打我的视频，"这件事，还有那个本子，绝对不能就这么算了！"

"算了吧。"我看着远处，声音轻得像在叹息。

"什么？"何器惊讶地向我靠近一步，转过我的身子，让我直视她的眼睛，"凭什么就这么算了？我倒无所谓，但是你……"何器突然停住，垂下眼睛："我不会把老田打你的视频发出去的……"

"不是这个事，只是觉得肯定没结果，干吗浪费时间？"我盯着何器额前的碎发，故作轻松地耸耸肩，"你想啊，我们就算告到校长那里，校长会希望这件事闹大吗？就算校长管了，老田顶多

被扣点工资，给迟成记过。以后每天都要见面，我们的日子怎么
过？离高考还有那么长时间，你怎么知道还会发生什么？"

何器的表情黯淡下来，紧紧皱着眉头，没有接话。

"唯一的好处就是，认清了几个人。我看了下，基本就是迟成
和周言阳那两个宿舍的男生……"我顿了顿，"以后离周言阳远一
点，他也不是什么好人。"

"好，"何器没有犹豫，眼睛亮晶晶的，"我早就想跟你说，我
跟他没什么，只是觉得他跟班里其他男生不一样，再加上学习好，
就想跟他一起学习，谁知道……"

"那我们一起学习吧，你教教我，我不想老坐在最后一排。"
我避开何器的眼睛。

"真的吗？"何器高兴地抱住我的手臂，把食指放到下巴上。
这是我们另一个暗号，意思是"一言为定"。

我笑了笑："一言为定。"

当天晚自习下课后，我把同桌李康堵在开水房，拔开暖壶塞，
将一壶滚烫的热水对准李康穿凉鞋的脚背作势要浇下去，他吓得
把什么都说了。

"是……是迟成，他逼我们写的。"

"怎么逼的？"

"我们要是不写，他就不让我们好过，"李康咽了口唾沫，"不

让睡觉，不让吃饭，不让学习，我们……我们就都写了，谁敢惹他呀？"

"那你就敢惹我？为什么写我？还让我被体育老师强奸，我怎么看不出来你这么恨我？"我把冒着热气的壶口移到他的裆部，他赶紧捂住，哆哆嗦嗦地说："随机抽签，抽到谁写谁，写了就是他们的'自己人'……就不会被他们欺负了……我错了，我错了，俞静，以后我当牛做马！你饶了我吧！"

"谁要你当牛做马！滚！"

我把暖壶用力掷到墙角，暖壶砰一声炸裂，大团白气从墙角席卷而来，小小的开水房瞬间像一个毒气室，李康趁机头也不回地跑了。我站在原地，紧紧捏住拳头。

迟成，那个被钱惯大的坏种果然还是生根发芽了，跟他爸一样，到哪里都要搞拉帮结伙那一套，小时候一点点零食和钱就能收买一大堆跟班，长大了，性成了新的宗教，男孩们听到性就像闻到血腥味的原始人，他们围在迟成身边，建立了唯他是从的部落。我不想跟他有任何瓜葛，因为一看见他就会想起我父亲跪在他面前给他换裤子那一幕。

他也一样，不知是心虚还是心怀鬼胎，总之接下来的一年，他都没有主动招惹过我。我和何器偏安一隅，我留长了头发，座位也在何器的帮助下向前挪了三四排。我和何器约好，最后不管考多少分，不管上哪个学校，一定要一起离开这里，去另一个城市。

和所有的故事一样，约定总会变成遗憾。

2019 年，高三如约而至。

开学当天，盐洋市最大的教育培训机构董事长庞恩典给学校捐了一百台国际最先进的多媒体教学一体机，全年级每间教室都能换上。几十辆贴着"凌典教育"logo（标志）的面包车浩浩荡荡驶进校园，与这批机器同时来到这所学校的，就是她的儿子凌浩。

还没到上课时间，我们三三两两地趴在连廊上向下看去。凌浩和他妈妈从最后一辆黑色轿车上下来，校长亲自开的门，一路笑脸相迎地进了校长室。

凌浩个子很高，皮肤白皙，朴素的短发，眉眼乖顺地跟在他妈妈身后，手里却不停地摆弄一副纸牌。他穿着一身宽松的灰色卫衣，踩着一双球鞋，迟成一眼就认出，那双鞋的价格比他脚上这双贵十倍还不止。

啪！一大摊口水落在凌浩脚边，他停住，抬头看向连廊，阳光刺得他眯起眼睛。

他的目光在何器的脸上停留了一下。

13.
本能

海水像刺一样扎着我每一处神经，周围一片寂静，耳边嗡嗡直响，气泡从四周升腾而起。

光线很暗，红色的霓虹灯球在鲨鱼头上晃来晃去，如同血色的飞鱼跃出海面。我不得不眯起眼睛。

"这是哪儿？"

我撇过头，尽量不和凌浩对视。他笑了一下，瘫在长条沙发上，把玩着手里的水果刀。

"你不是何器吗？那天晚上你在这儿唱了好几首歌，忘了？"

我没说话，目光迅速打量着这间屋子。

房间陈设虽然很像KTV，但房顶很低，局促闷热，两个打手模样的人站在门边，像两尊兵马俑。凌浩示意了一下，一个兵马俑关上震耳欲聋的音乐，呼啸的风声穿过耳际，凌浩身体微微歪斜摇晃，地上的空酒瓶咕噜咕噜滚着。

我明白了，这是一条船。凌浩的地界儿，喊破嗓子都没有用。

"你没看新闻吗？临死时的事我不记得了……你倒是可以说说，那天晚上把我带到这里干什么？"我尽量稳住声音。

凌浩起开一瓶啤酒，喝了两口，慢悠悠地说："如果我是你，死了一次又活过来，我会有特别多想干的事，上电视，出去玩，吃好吃的……但绝对不会回来找死。说说吧，你到底想干什么？"

"我就是想知道是谁杀的我。"

"周言阳都判刑了，过程写得清清楚楚，他自己也认罪了……"

"不是他。"

"不是？"凌浩晃着手里的红色密码本，"何器的死法跟他写的一模一样，我现在要是把这个本子交出去，你猜猜他会不会再加几年？"

"所有看过本子的人，都有可能模仿嫁祸他，包括你。"

"我高三才转过来，上哪儿看？"

"那天晚上，迟成也在这里。对吧？"

凌浩没有说话，我接着说："你要的东西都给你了，为什么还要让我死？"

凌浩顿住，看向我的眼睛："别演了，俞静。你露馅了。"

我咽了口唾沫："我不是俞静。"

"好。"凌浩笑了一下，露出一口白牙，他笑起来其实很腼腆。我们每个人都被这个笑容骗过，现在对我来说更是如同梦魇。"那我们玩个游戏。"

两个打手打开门，把我连同椅子一起拖到甲板上。这是一片近海，岸边一整排集鱼灯让整个海面亮如白昼，集鱼灯可以让趋光的鱿鱼蜂拥而至。凌浩的游艇不大，完美躲在了一块礁石的后面，没有被发现的危险。

海面上没有风，但晚上的温度还是很低，我穿着一件毛衣依然忍不住发抖，凌浩解开我身上的绳子，把我拽到甲板边缘，两只大手死死锁住我单薄的肩膀，我毫无还手之力。

"你大概忘了，俞静从小就泡在海里，水性没的说，但是何器不会游泳啊！口音、习惯、性格都好模仿，本能不会骗人。"

凌浩收起笑容，用力把我推下了甲板。

海水像刺一样扎着我每一处神经，周围一片寂静，耳边嗡嗡直响，气泡从四周升腾而起。衣服迅速吸满海水，如铁链一般把我往无尽的深海拽下去。我望着海面上的集鱼灯，像一百个太阳，千万只鱿鱼、鳀鱼从我眼前游过。它们无法抵抗与生俱来的趋光性，为了生存奔走，但它们不会知道，迎接它们的只有死亡，身后的黑暗才是活路。

2020 年，何器的尸体被人在礁石上发现，救护车和警车从我家门口呼啸而过，手机像发疯一般响起消息。有人在群里上传了现场的照片，他们第一次离死亡这么近，带着近乎调侃的语气议论着何器的死状。但是有三个人始终保持着沉默，凌浩、迟成、周言阳，因为他们已经被警察带走了。

不到一天，凌浩和迟成就被放出来了，而周言阳以犯罪嫌疑人的身份被羁押。除了没有不在场证明，船舱里何器的遗物——一条贝壳项链，还有好几个目击者的供述，说周言阳那天晚上喝得很多，在桌子上睡着了，所有人都撤了他也没有醒，所以没有人知道他后来干了什么。

按照周言阳自己的说法，他醒来后去不远处的礁石边走了走想醒酒，却不小心摔了一跤，所以身上才被海水浸湿了。他不敢回家，怕母亲联想起因醉酒坠海的父亲而难过，就骑车回了学校宿舍，但是同宿舍的室友杨百聪却做证，那天晚上宿舍没有人。

不久后，周言阳对犯罪事实供认不讳，承认他一直对何器跟他提分手怀恨在心，以为她是看不起自己的家境。所以那天晚上他提前和何器说好，结束后在海边见面，他有话要说。他故意喝了很多酒壮胆，却不小心睡着了。等他醒来赶到海边，发现何器还在等他。周言阳提出复合，何器没有同意，说周言阳给不了她想要的未来。周言阳怒火中烧，加上酒精的作用，一冲动就把何器拖到不远处自家搁浅的木船上，想强奸她，但是何器反抗太激烈，周言阳只好把她打晕，又害怕何器醒来告发自己，毁了他的前途，于是把她推下了大海。

学校撤了"恭喜周言阳喜获 2020 年实验高级中学高考文科状元"的大横幅，对所有媒体缄口不言。周言阳的母亲一辈子没读过书，但也学会了辨认喷在自家木门上的四个红字是"杀人偿命"。面对乌泱乌泱的记者和来拍短视频凑热闹的人，她只有一句话，"对不起"，然后一直跪在地上磕头，久久不敢站起来。

报纸不遗余力地描写何器的死亡惨状，身上有抵抗伤，额头有击打痕迹，但都不致命，真正的死亡原因是溺水。也就是说，何器被周言阳推下去的时候还没有死。刺骨的海水填满她的胸腔，夺走所有呼吸，就像现在的我一样。

恍惚间，我看到何器向我游来，她依然穿着那条墨绿色长裙，皮肤亮如白沙，黑色的长发让她的脸时隐时现。她一把拉住我的手，我僵直的手掌似乎传来一阵温度，一股力量把我用力向上拽去。

"不要死，"我看到她的嘴巴一张一合，周围却没有一颗气泡，"你还有事没有做完。"

我躺在甲板上，大口吐着海水，瑟缩如筛，凌浩嫌弃地闪到一边。我看到不远处有一条毯子，立刻抓在手里，用尽全身的力气抱在怀里。

"人要是能克服本能，就是神仙了，知道吗？"凌浩慢慢蹲下来，把脸贴在甲板上，与我的视线持平，"俞静，说吧，你有什么目的？”

我的视线越过凌浩，看向屋里的那条鲨鱼。

我第一次见到它是在何器生前最后那个视频里。

那天晚上的同学聚会我没去，现在却成了我最遗憾和后悔的一件事。何器死后，我一直不敢点开那个视频。直到周言阳被判刑那天，何世涛把这条视频发到了他的抖音账号上，“帅爸盒饭”已经改名“想念何器”，无数人在下面安慰和悼念。

我犹豫了很久，终于点开。

轻快的前奏响起，何器拿着麦克风投入地唱着。我知道她学日语是为了将来能去日本找她妈妈。那首歌很好听，我事后才知道这是一部日本电影的主题曲，叫《たちまち嵐》(《突如其来的暴风雨》)。

> 踏上一个人孤独的旅程
>
> 伙伴什么的暂时不需要啦
>
> 在小道的角落里遇到了一只猫
>
> 它那双无依无靠的眼睛在哭泣着
>
> 好像在说：让我看看你的梦想吧，拜托了
>
> 虽然我也不怎么靠谱
>
> 但也不是在放空话哦

你就跟我一起走吧，虽然前方肯定会遇上暴风雨

但是有我在就没问题哦

就这样一直走向大海吧

就算碰上怪兽也没什么大不了的

到时候我会用我不怎么靠谱的爪子

拼命保护你的哦

…………

何器唱完，指着拍摄视频的人说："毕业快乐！"她把右手小拇指顶在了脸颊上，露出灿烂的笑容。视频结束。

我的指尖僵住，浑身发麻。

这是我们的暗号——"救我。"

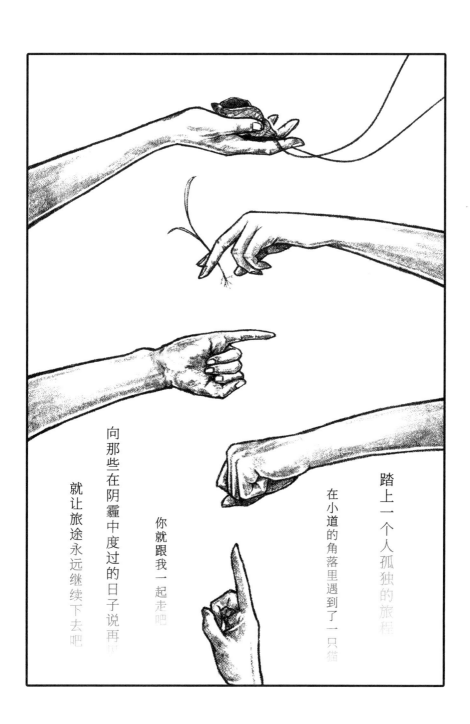

就让旅途永远继续下去吧

向那些在阴霾中度过的日子说再见

你就跟我一起走吧

在小道的角落里遇到了一只猫

踏上一个人孤独的旅程

Chapter 03

第三章

鱼
猎

14.
锯齿

别理他，好好准备高考，等高考完了，我们离开这里，一切就结束了。

2020 年。

午休刚刚结束，很多人的头还没有从课桌上抬起来，齐傲雪还有几个同宿舍的女生就围到凌浩的桌前，嚷着让他变魔术。

"好吧，你随便写个名字。"凌浩递给齐傲雪一张小卡纸。

她迅速在纸上写好，一脸娇羞地还给凌浩。

凌浩把卡纸折了折，看向后排还趴在桌上酣睡的迟成，叫了一声。

迟成的同桌连忙拍醒他，迟成迷迷糊糊睁眼，脸上还印着一个笔帽，见所有人正看着自己，吓得一激灵。

"怎么了老大？"

"有水果吗？随便给我一个。"

"噢噢，有有有。"迟成在桌洞里慌乱地找着，然后举起一个半个头大的柚子，"这个行吗？"

凌浩无奈地点点头，敏捷地接住。

凌浩转学来之前，没有人想到迟成会对别人俯首帖耳，或者说，能听到迟成叫别人老大。凌浩刚到学校时，那口痰就是迟成吐的，以示宣战，结果不知道发生了什么，不到两个月，迟成就心服口服，唯凌浩马首是瞻。

"看好了，"凌浩把卡纸叠成小小一方，夹在两指中间，他细长的眼睛里闪现出狡黠，手指迅速一晃，纸片凭空没了。

"好！"迟成带头鼓掌。

"嘘！别说话！"齐傲雪和一众女生白了迟成一眼，又紧紧盯着凌浩的手。他轻轻拿起柚子，右手在空中抓了两下，像煞有介事地把"空气"拍进柚子。

"刀。"

迟成递过去一把锋利的裁纸刀，凌浩在柚子表面迅速划了两下，用力一掰，柚子裂成两半，新鲜的柚子中心埋着一片折起来的小卡纸。

齐傲雪惊呼一声，拿起来慢慢打开，卡纸上就是她刚刚写下的名字，凌浩。

周围响起一阵起哄的声音，凌浩掰了一块柚子笑着放进嘴里。

凌浩喜欢魔术，是因为这是唯一一种可以对观众下命令的表演，所有人都会随着你的指示做出反应，最享受的还是"见证奇迹的时刻"，不同的面孔同时出现惊异惊叹的神情，你就是创造这些表情的神，这种感觉有过一次，就会想要更多。

"别扔地上行吗？不是你值日是吧？"俞静看着掉在地上的柚子皮，语气冷硬，然后不耐烦地拿着扫把胡乱扫着。

之前凌浩听迟成说起班上的女生时，特意提了两个人，俞静和何器。"最好别惹俞静，她家里虽然没什么背景，但是不太好惹，逼急了什么都能干出来。何器也是，学习好，清北苗子，老师保着，而且她爸爸挺厉害的。"

"你们有过节？"凌浩觉察到他话里面的意思。

"呃……"迟成犹豫了一下，还是把小学六年级发生的那件事告诉了凌浩，"那个刀，就差这么一点点，我就死了。"迟成比画着。

齐傲雪等人嫌弃地闪开，俞静把柚子皮扫进簸箕。凌浩抬头打量俞静。虽然是中长发，但她没有一点女孩的韵味，一双凌厉的眼睛隐在碎发下面，满脸冷漠。如果是以前，他看都不会看这样的女生一眼，但是迟成讲的事，让他觉得有点好玩。

"俞静。"

"干什么？"

"衣服挺好看的，在哪儿买的？"

俞静没有理他，继续拖着地。

"不过，你衣服上面的韩语好像有语法错误，而且这个词……"凌浩眯起眼睛，认真看着俞静牛仔外套后背上的韩语单词，"……用力奔跑的……婊子？"

俞静顿住，回头看他。凌浩无辜地耸耸肩，把一块柚子皮精准地投进垃圾桶。

对实验高中所有学生而言，从省重点转学过来的凌浩不是异类，而是奇观。这种一出生就在第一象限的人，原本只是他们听说过但绝对接触不到的那个阶层。他妈妈庞恩典做教育培训起家，赶上最近几年培训热潮，赚得盆满钵满，企业顺利上市，是盐洋市的明星企业家。进校捐的多媒体一体机安装进了每一间教室，无时无刻不提醒着凌浩的存在感。除了有钱、学习好之外，他还有别的标签，高大帅气、会打球、会变魔术、竞赛生、会说好几国语言，因为留了一级，年纪比班里的人都大。

表面上看完美无瑕，但有个问题，凌浩不太会说话，说白了就是情商低，而且能看出来他是故意的。比如直接指出老田写错的公式；比如让语文老师跟着他念了十几遍"田园将芜胡不归"，来纠正其带有方言口音的普通话，五十多岁的老头站在讲台上都快急哭了；再比如把女生们递来的情书当场拆开，认真解释原因，身材、长相、成绩，甚至字体，都有可能成为他拒绝的理由。而无论场面有多难堪，他都是一副彬彬有礼的无辜模样，似笑非笑，似乎非常享受别人那一瞬间尴尬的表情。

听凌浩说完，班里的人都盯着俞静后背的韩文看，发出一阵窃笑。俞静不安地摸着手臂上的伤疤，陷入尴尬。这衣服是她从夜市的地摊上买的，四十九块钱，印刷的韩语就是个装饰，谁会想到翻译过来的意思。

"除了你没人懂韩语，印错怎么了？她又不是穿给你看的。"何器走过来，冷冷地扫了凌浩一眼，接过俞静手里的扫把，"走吧俞静，倒垃圾。"

俞静看着何器的背影，她一直很羡慕何器这种敢当面还击的性格，这背后的底气是什么，俞静想不清楚，但她很想要习得。

下午老田的数学课，一如既往地沉闷，老田拍拍黑板，惊起几颗头颅，老田没辙。"凌浩，"他脸上诏媚的褶子都快挤走五官了，"变个魔术让大家醒醒。"何器回过头跟俞静远远对视了一下，无奈地摇摇头，意思是"又来了"。

凌浩拿出一顶魔术帽，左右展示里面空无一物，然后把它倒扣在桌子上。

"等一下！"俞静突然举手，"你能晃一下吗？"

"什么？"凌浩没想到自己会被下了命令。

"晃一下帽子，我想确认是不是空的。"俞静看着凌浩逐渐涨红的耳朵，心里闪过一丝以其人之道，还治其人之身的快感。

Fish
Hunting

"刚刚已经确认过了，"凌浩尽量稳住声音里的怒气，"现在，请大家把注意力放到我的右手上……"

"晃一下嘛，又不难。"俞静步步紧逼，"是道具就直接承认，不然没意思。"

整间教室陷入沉默，凌浩犹豫片刻，不得不重新拿起帽子，轻轻晃了晃。

提前放进夹层的纸钞发出沙沙的声响，不大，但足以让魔术提前结束。

对凌浩这种刚刚确定"统治地位"的人来说，这种当众的挑衅就像一根鱼刺，不致命，但很不舒服。虽然事后再也没人提起，凌浩却一直没忘记喉咙里的血腥味。这是一件必须要解决的麻烦事，处理得好，还能起到杀一儆百的作用。一周后就是校庆，那是个千载难逢的好机会。

作为校庆的赞助方之一，凌典教育的 logo，也就是凌浩妈妈庞恩典的小头像悬在学校礼堂布景板的一侧，前方摆着刚刚运来的鲜花，远远看上去有些诡异，但并不影响学生们看节目的热情。大家清楚，高考即将碾过来，这应该是最后一次可以尽情玩耍而不用关心排名的时候了。

凌浩的魔术表演被安排在最后一个，万众瞩目。他穿着一身修长的黑色制服，戴着白色手套，一边表演空中抓物一边走出来，舞台上不一会儿就堆了一堆五颜六色的花瓣。学生们举着手机拍照，尖叫声此起彼伏。

第一排主席台坐满了领导，贴着庞恩典名字的位置空着，凌浩微微松了一口气。他把手一挥，两个女助理推出一个半人高的箱子，盖着一块紫色天鹅绒布。

"下面，我给大家带来一个新的魔术，难度很大，我自己也非常紧张，因为这个魔术只能成功，不能失败。"凌浩看着台下，"现在，我需要在现场挑一位搭档，来和我一起完成这个挑战。"

在后台正准备上场的原定女搭档愣了一下，不知所措地看着凌浩。

"最好是个女生，个子高一点。"凌浩在台上轻轻踱步，台下不少女生跃跃欲试，齐傲雪把手高高举起："我我我！"

"举手的不能挑，你们肯定觉得是托。我想请一个绝对不可能给我当托的人，"凌浩假装思索，接着指了指礼堂的角落，"俞静，可以吗？"

整个礼堂里人们的目光都看向俞静，掺杂着羡慕、疑惑、鄙夷的神情。

何器拽了拽她的袖子，轻轻摇头："别去。"

"不然你肯定又会怀疑我有机关，不想亲自检查一下吗？"凌浩做出邀请的手势。

鬼使神差地，俞静点点头，站了起来，然后从侧台一步一步走上去，神情凛然地看着凌浩："来吧。"

凌浩微微一笑，掀开绒布帘，台下惊叫一片。

那是一台货真价实的切割机。

平整的不锈钢台面上反着森然的白光，上方悬着一柄薄薄的圆形锯齿，光是看着就有点毛骨悚然。

"害怕的话可以检查一下就下去，还来得及。"凌浩笑着说。

俞静面无表情地围着机器转了一圈，两张课桌大小，从外观上根本看不出什么机关，摸上去冷冰冰的，像一匹定格的饿狼垂涎等着。说不害怕是假的，但是众目睽睽，凌浩能干什么呢？

俞静看了看台下，无数手机举在头顶，藏着一张张看热闹的脸。何嚣在角落焦急招手，用嘴型说着"快下来"。俞静轻轻摇摇头，示意她别担心，然后看向凌浩："要我干什么？"

凌浩拍拍桌面："躺下来就行。"

还站在侧台的原定女搭档惊慌地看着台上，冲俞静使劲摆手，可惜俞静没有看见。她轻盈一跃，平躺在齿轮下面。

"这个魔术叫'人体切割'，一会儿呢，这个锯齿就会从俞静同学的腹部切下去。先让大家检查一下。"

凌浩按动开关，锯齿飞速旋转起来，发出嗡嗡的声音，凌浩拿来一根半臂粗的麻绳靠近，啪，麻绳瞬间一分为二。

凌浩关上开关，让两个魔术助理给俞静盖上毯子，趁这个间隙在俞静耳边迅速说："一会儿腰使劲往下沉，不然你就没命了。"

凌浩说完按下机关，俞静突然感到腰部一空。原来机关就是这个桌面，中间可以弹开，只要腰部下沉，加上特殊毯子的遮掩，切割机就能制造垂直切下的假象。

"听我的话，就能活。"凌浩用只有俞静能听到的音量皮笑肉不笑地说着，"你只有五秒。"

没等俞静反应过来，凌浩按下开关，锯齿开始嗡嗡转动，向着自己的腹部缓缓靠近。俞静没有躺准位置，开始拼命挪动调整，看上去真的像在垂死挣扎。

前排的领导老师有些坐立不安，有学生害怕地捂起了眼睛，全场屏息。

切割机缓慢而毫不迟疑地切了下去，发出尖锐的吱吱声，直到锯齿的边缘碰到了桌面才缓缓停止。

从侧面看，俞静的腹部被薄薄的刀锋一分为二。她瞬间失声痛哭，挣扎双脚，这反而成了魔术成功的号令，全场响起热烈而惊叹的掌声，凌浩欠身鞠躬。

等他再抬起头来，看到庞恩典不知什么时候坐在了台下，正面无表情地看着他，凌浩的笑容僵在脸上。

俞静趴在马桶上呕吐，何器在一旁焦急地抚着她的背。

"万一你没沉下去呢？万一那个机器出点问题怎么办？他明明

就是在杀人！"

俞静摆摆手，示意何器别说了，她一点都不想回忆刚刚躺在冰冷台子上的感觉。尽管她已竭尽全力把腰凹下去，但看着锯齿向自己逼近的那一刻她还是觉得随时会被锯成两半，当场血肉横飞。那种濒死的感受让她生理皱缩，仿佛重回儿时的梦魇，看见父亲举着鱼叉向自己扎过来的瞬间。

想到这里，她胃深处又涌出一股酸水，大口吐了出来。

"凌浩就是想刷存在感，让别人怕他，你看咱们班男生，装乖的都相安无事。"

"他要是再找碴怎么办？"俞静虚弱地问。

"别理他，好好准备高考，等高考完了，我们离开这里，一切就结束了。"

外面传来一阵洗手的声音，是齐傲雪。"俞静，你闯祸了。"

何器打开厕所门："你说什么？"

"我说她闯祸了，"齐傲雪对着镜子整理刘海，"你不知道吗？刚刚凌浩他妈妈在后台扇了他好几个耳光，好多人都看见了。"

"为什么？"

齐傲雪掏出手机，播放俞静在台上号啕大哭的视频："凌典教育公子表演切割魔术，当众吓哭女同学，这事传出去会有多难听。"

"那关俞静什么事？是凌浩自己太过分了。"

齐傲雪耸耸肩，走出去。

嗡嗡。俞静的手机收到一条消息，是凌浩发来的：对不起，今天吓到你了。想跟你真诚地道个歉。今天晚上八点，操场见（笑脸）。

15.
蚌壳

从此刻开始，过去那个世界再也回不来了。

凌浩要求俞静单独赴约，何器顾虑重重，她知道凌浩绝不会乖乖道歉。

"拿着这个。"何器塞给俞静一串钥匙，上面挂着一个樱桃小丸子的布面玩偶，烟盒大小。

"这是什么？"俞静不解地接过。

"还记得幼儿园的时候，我爸在我衣服里塞录音笔吗？"

俞静点点头。

"这是跟他学的。"何器掀开樱桃小丸子的外衣，露出背部一道隐秘的拉链，从棉花里抠出一个微型录音笔，熟练地打开。录音的红灯亮起。

"升级款，超长待机，超大内存，拿好，以防万一，"何器用力握了一下她的手，"答应我，十分钟，速战速决。"

俞静把钥匙揣进兜里，点了点头。

俞静想过单独赴约的危险，但晚上八点的操场还是足够安全的。

那是第二和第三节晚自习的课间，即使只有十分钟，篮球场上也会有人争分夺秒地扣几个篮。操场连接校外的边缘是新装的铁栅栏，坚固无比，隔着一小片荒地就是教职工宿舍。更何况还有何器，如果第三节课自己没回去，她肯定会过来找。

果然，操场上有零星的学生打球散步，还有人坐在台阶上聊天。天色暗下来，操场四角的照明灯亮起。俞静走到西南角，看到凌浩一个人坐在一棵大树下，手边放着两瓶酒，一瓶空的，一瓶刚打开。

"你喝酒？"

"我成年了，为什么不能喝？"凌浩说着又灌了一口，拍拍身边的位置，"坐。"

"说吧，什么事？"俞静不想废话。

"道歉啊！"

"我可以接受你的道歉，"俞静顿了顿，"但条件是，以后不要再烦我跟何器了，我们就想好好……"

"我是说你跟我道歉！"凌浩把酒瓶用力垛在脚边，缓缓站起来。他的眼睛隐没在树叶投下的阴影里。俞静眉头一皱，默默攥紧了兜里的玩偶。

"我为什么要道歉？"

"你不知道砸别人场子特别没礼貌吗？"凌浩走出阴影，两眼死死盯着俞静。

"要不是你，老子今天就不会表演这个人体切割，我妈就不会生气！"凌浩慢慢逼近俞静，"都怪你，老子下个月的零花钱没了，好几万呢，你赔得起吗？"

"你有病吗？"俞静后撤一步，"我今天差点死在台上！我还没找你赔钱呢！"

"赔钱？你要多少？"凌浩笑了一下，"……多少能买你一条命？"

俞静看了眼手表，快上课了，操场上的人所剩无几。

"打住，这件事就这样，我不想跟你道歉，我也不需要跟你道歉，我们扯平了，好吗？到此为止。我这辈子都不想和你有任何瓜葛。"俞静说完迅速转身。

凌浩一把揪住她的衣领，她瞬间失重，向后倒去，凌浩用两臂紧紧把她箍住，用力拖回树影下。俞静的目光飞速看向几个正在往教学楼走的男生。

"救命……"

上课铃响了，呼救的尾音瞬间淹没在铺天盖地的音乐里。

凌浩紧紧捂住她的嘴巴，把她往操场边缘的铁栅栏拖去，一手拨开黑漆漆的藤蔓，俞静这才发现，这里的铁栅栏早已被人掰开一道可容一人通过的缝隙。凌浩把俞静拖过栅栏，拖到荒地边上的小树林。

在那里，一辆黑色轿车静静停着，后备厢开着盖，像一只刚被撕裂的蚌壳。

瞬间，俞静知道自己完了。

她用尽全力挣扎，但凌浩的力气太大了，她的挣扎看上去更像颤抖。操场已经空无一人。

"老实点，"凌浩一手捂着她的嘴巴，一手死死捏住她的脖子，把她面朝下按进后备厢里，"出声我就拧断你的脖子。"

俞静拼命点头，窒息的感觉让她两眼发黑。凌浩松开手，俞静大口喘息，新车的味道还没散去，嘴里有一丝腥甜的血味，舌尖一阵剧痛。她能感到凌浩正用膝盖死死抵住她的背，肚子挤在后备厢的金属边缘上，仿佛已经碎成一摊淤泥。

"对不起……"俞静听到自己气若游丝的声音，"对不起……"

"对不起什么？"

凌浩的膝盖一松，俞静感受到他的鼻息正在缓缓靠近，她浑身僵硬，两眼紧紧盯着面前的金属螺丝，不敢移动一毫。

"对不起，我不该拆你的台……"

"还有呢？"

"我……我不该让你不高兴……你让我走吧，求求你了……"
俞静用最后一丝力气抬头，想利用转身的动作遮掩自己的左手。

裤兜里有一部手机。

但是俞静忘了，此刻她就像一根案板上扭动的鱿鱼须，所有
举动都逃不过凌浩的眼睛。

凌浩冷笑一声，抢先一步掏出手机，捏住她的大拇指解锁。

闪烁的荧光让凌浩的笑容僵在脸上。手机页面正在录音。

凌浩面无表情地瞥了她一眼，冷静地按了暂停，删除，关机。

"我告诉你个常识吧，俞静。"凌浩把手机轻轻放在俞静面前，
"你这种人，不要招惹，我这种人。"

凌浩一字一句说完，瞬间用膝盖重重抵住俞静，一把扯下她
所有的衣服。

虽然快到夏天了，但沿海小城的夜晚并不仁慈。

俞静觉得自己仿佛被一个巨大的冰块锁住，失去了所有温度
和动弹的力气，只能任凭凌浩侵入，像软体动物横生鱼刺，向深
处，越慢越锋利。

俞静张开嘴，想发出呼救，但奇怪的是，她喉咙里挤不出一
点声音。像小时候被父亲在角落里抽打，像初中跪在布满垃圾的
巷子里被人扇耳光。在这样的时刻，人居然会丧失呼救的本能，
除了忍受，喘息，等待，仿佛什么都做不了。怎么会这样呢？

　　她看到不远处的教职工宿舍亮着几盏像落日一样昏黄的灯，那里应该是厨房的位置，一个女人的身影在蒸腾的油烟里穿梭，灯光忽明忽暗。

　　真奇怪，这样的时刻，她居然有点想吃核桃酥。六年级的时候，她吃过一口就迷上了，但是父母嫌贵，不给买，何器家却有很多。于是何器每天早上都会给她偷偷带两块，包在一张心相印的餐巾纸里，两人躲在课桌下，一边偷吃一边早读。

　　那个味道，今生应该再也不会有了。从此刻开始，过去那个世界再也回不来了，甜会变成苦的，辣会变成凉的，开灯会下雨，海水会嘶鸣。迎接她的就只有变形、错位的负片时空。

　　而且这次，连何器也救不了她。

　　高三教学楼，白炽灯框出一个个透明的集装箱，黑板上写着当晚的作业，高考倒计时醒目刺眼。教室里静得只有翻试卷的声音，学生们沉在自己的一方礁石上埋首做题，趁着喝水的间隙抬头换气。

　　何器在老田的办公室里焦急地踱步，她看了看表，又看了眼走廊，刚想开门离开，迎面撞上了一身酒气的老田，两人都吓了一跳。

　　"欸，何器，你怎么在这儿？"

　　"老师你不是找我有事吗？"

　　"谁说的？假传圣旨，赶紧回去上自习！"

"可是有人给我留了字条，说你找我有事……"何器心里咯噔一下，瞬间明白了一切。

她飞快冲出办公室，一头扎进黑漆漆的楼梯。

一片叶子掉在俞静眼前，她的眼睛终于聚焦了。叶片还是绿的。

凌浩松开俞静，她像招魂仪式结束后的女巫一样，瞬间瘫软在地上。

不远处，校服横七竖八地散着，樱桃小丸子的玩偶被甩了出来，伏在一丛杂草堆里，天真无邪地目击了一切。

凌浩穿上衣服，低头看着蜷缩成一团的俞静。"我知道你想干什么，别想了，没有人敢拿我怎么样。再告诉你一个常识，一个女生大晚上单独来操场见一个男生，发生什么都是你情我愿，知道吗？"

俞静呆滞地点头，沙砾渗进发梢。她此刻别无所求，只希望凌浩赶紧离开。

但是她错了。

凌浩绕到驾驶室，传来一阵液体晃动的声音，接着他拿出一块黑色方巾快步走到俞静面前，蹲下，用力捂住她的口鼻。

彻底失去意识前，俞静看到一个黑影在不远处的树丛里一闪而过。

16.
蚕食

"那个人是谁！"俞静大叫，死死盯着被子上的一道光斑，浑身抖得像筛子。

　　俞静看见自己平躺在一块残缺的木板上，那是海啸后唯一一块残骸。周围什么都没有，木板在深蓝的海面微微浮动，耳边只有水声，还有海洋深处巨兽的低吟声。她双脚浸泡在海水里，结满盐渍的衣服沾在身上，她知道自己活着，但毫无欣喜。她嘴唇发干，眼皮肿胀，微微移动食指。

　　"水……"

　　一道白光闪过，温热而光滑的杯壁碰到嘴唇，一阵清甜的温水涌进口腔。她把水一饮而尽，缓缓睁开眼睛，看到了何器焦急而欣慰的脸。

　　"你醒了？"

　　俞静看着自己手上的吊瓶，打量了一下周围。这是校医院，中午的阳光正盛，钟表显示是午休时间，整个校园寂静无声。

"别担心，我都请好假了，说你发烧，今天都不用去上课。好好休息。"

俞静点点头，重新躺下。突然下腹一阵剧痛，她忍不住蜷起身子，额头渗出汗珠。

何器紧张地站起来，冲帘子外喊："医生，医生，麻烦过来看一下！"

"别……"俞静的话息在嘴边。

一个高瘦的中年男人掀开帘子，手里拿着听诊器，嘴里的包子还没咽下去，含混不清地说："把衣服掀开。"

何器伸手一拦："刚刚那个女医生呢？"

高瘦医生顿了一下，不耐烦地翻了个白眼。"我是医生，什么没见过？这点职业道德我还是有的。到底检不检查？"

何器看了俞静一眼，俞静轻轻点点头。

听诊器像冰凉的蛇一样在皮肤上游走，俞静紧紧抿着嘴巴，用力遏制自己想象昨天晚上凌浩指尖游走的轨迹。

听诊器慢慢往肚脐下方探去，俞静突然尖叫一声，猛地推开医生的手。

"好了好了，先不检查了。"何器给俞静盖上被子，"谢谢您。"

高瘦医生摘下听诊器，一言不发地走出去。过了一会儿，拿了一粒白药片递给何器。

"这是什么？"

"紧急避孕的，"医生有些鄙夷地看着俞静，"别紧张，我见多了，情窦初开嘛，很正常，但是女生也要爱惜一下自己，对吧？"

"你在说什么！"何器有点生气。

"医生，"俞静叫住他，"你别说出去。"

"我说这个干什么？这是你们的隐私，我也不想惹麻烦。不过我提醒一下，要是怀孕，我可就管不了了。"医生说完出了门。

何器用力拉上帘子，看着手里的药片。"什么情况？他昨天晚上……"

"他做措施了……"俞静接过药片，紧紧攥着，"用不着这个。"

"凌浩这个畜生！"何器眼泪打转，用力掐着自己的手指，"我们报警吧。"

俞静轻轻摇头："凌浩强奸俞静，说出去有人信吗？"

药片被俞静掐成两半。"他既然敢做，说明早就计划好了，那里是监控死角，就算报警，告诉老师，顶多算你情我愿。他妈妈是什么人，到最后可能连处分都没有。而且他很小心，什么证据都没留下……"

俞静突然想起来什么似的，开始翻找自己的衣服："那个玩偶呢？录音笔！它应该录下来了，那个是证据！"

何器按住她的手："我去找你的时候，你在操场边昏倒了，旁边只有手机……应该是被他拿走了。"

俞静摇摇头："不不不，不在操场。那边的栅栏可以穿过去，他把我拖到外面的小树林了，肯定还在草丛里，我们赶紧去找！"

"你们是在找这个吗？"

一个声音从门口传来，两人惊愕地回头。帘子外面晃动着一个影子，手上钩着一个樱桃小丸子轮廓的玩偶。

"谁？"

帘子拉开，是齐傲雪。

两人紧张起来，何器伸手要拿，齐傲雪把钥匙链敏捷地收在身后，目光灼灼地看着俞静。

"你昨晚跟凌浩干吗去了？是他约的你吗？"

"别问了，不是你想的那样。"何器挡在俞静身前，"你放一万个心，没有人跟你抢凌浩。"

"我都看见了。"齐傲雪拉了一把椅子，坐在两人旁边。

"你看见什么了？"俞静皱眉抬头。

"后备厢啊……"

"那你为什么不拦着！"何器的声音陡然升高。

"嘘！小点声！"齐傲雪鬼鬼祟祟地看了眼门外，低下声音，"其实……我是来找你们帮忙的。"

原来凌浩刚转来一个多星期，齐傲雪就已经知道了操场栅栏的秘密。凌浩会提前把车停在树林边，两人趁着晚自习的间隙偷偷幽会。

"一开始我还挺开心的，那么多人追凌浩，他只选了我。但是他不让我告诉别人，说是为了保护我，不想让我被其他女生孤立……"齐傲雪笑了一下，"其实他是怕他妈妈。我无所谓啊，不想拆穿，觉得这样也挺好的。但是有两点我受不了，第一就是他喜欢在后备厢……"齐傲雪谨慎地看了俞静一眼，"很不舒服，我肚子这里全是青的。但是他不愿意去别的地方，我也没办法。"

"第二呢？"

齐傲雪叹了口气："第二就是，他每次结束都会把我弄晕，我反抗过几次，没用。有一回我特别生气，说再这样我就跟他分手，结果他哭着跟我讲了好多，说什么小时候有阴影，必须这样才有安全感之类的……我还能说什么？反正也没有生命危险，过一会儿就醒了。但是吧，我每次醒来，身体都很痛，就跟被人打了一顿似的，我问他，他就说把我送回宿舍了，之后什么都不知道。可我就是觉得不对劲，直到昨天晚上……"

晚自习课间，齐傲雪站在连廊上和朋友聊天打闹，看见俞静步履匆匆往操场走去。齐傲雪望向栅栏外的小树林，隐约可以看见停着一辆车。齐傲雪怒不可遏，刚想追过去，但是她犹豫了一下，决定从教职工家属楼那边绕过去，想捉奸在车。

齐傲雪小心翼翼地躲在树林里，果然看见凌浩的后备厢开着盖，俞静像一条死鱼一样躺在地上，凌浩从驾驶室拿出一块黑色手帕，捂住了俞静的口鼻。

齐傲雪大失所望地摇摇头，刚想站出来对质，突然看见一个人拨开藤蔓，从栅栏缝隙跨进来。

"浩哥，完事了？"是迟成的声音。

凌浩点点头："速战速决啊。别跟上回似的，齐傲雪差点醒了。"

齐傲雪僵在原地，浑身发抖。

迟成笑了一下，比了个"OK"的手势，然后把赤身裸体的俞静搬到车后排座，关上车门。

凌浩站在外面点了一根烟，舒畅地喷出一团烟雾，他抬头，看着烟雾慢慢消散，然后百无聊赖地踢着掉在地上的樱桃小丸子。

齐傲雪强迫自己冷静下来，悄悄摸出手机，打开照相页面。突然她的手一滑，手机吧嗒一声掉在了石头上。

"谁?!"凌浩转头，看向四周黑漆漆的树丛。

齐傲雪吓得屏住呼吸，手机就在手边。

凌浩把烟头扔到地上，踩灭："出来。"

凌浩往齐傲雪的方向一步步走来。

齐傲雪绝望地闭上眼睛，突然听到前面一阵扭打的声音。她睁开眼睛，看到凌浩从不远处的草丛后面揪出一个人。齐傲雪趁机捡起手机，死死趴在地上。

"你在这儿干什么?!"凌浩揪住那个男生的领子,一拳挥到他的肚子上,那人吃痛跪下,一句话都不敢说。

"你看见什么了?"凌浩踩住那个人的肩膀,又一脚踢远。

那个人还是没出声,拼命摇头。

凌浩猛地拉开车门,把迟成赶下来,然后指着后排昏迷的俞静,对地上的人说:"你上去。"

"不要了吧,浩哥,"迟成提上裤子,"他肯定不敢说出去的……"

"你闭嘴!他要是说出去了,你他妈去坐牢?"凌浩推开迟成,一把揪起地上的男生。

"要么上,要么死。"凌浩咬牙切齿地说。

黑影哆哆嗦嗦站起来,拉开了车门。

"那个人是谁!"俞静大叫,死死盯着被子上的一道光斑,浑身抖得像筛子。

"别怕别怕,我会查出来的。"何器赶紧摸了摸她的后背,试图让她冷静下来。

"对不起,太黑了,我真的什么都没看见……但我拍了一张照片。"齐傲雪连忙掏出手机。

照片里面一片漆黑,只有两个模糊对峙的影子,能看到那个男生比凌浩矮,但是比凌浩矮的男生太多了,这个信息毫无价值。

"对不起,我……我真的害怕,我一个人打不过他们……我看到他们把你拉到操场上，过了一会儿何器就来了，所以我就走了……哦，对，这个钥匙还给你！我看到它在地上，应该是你的……"

何器一把夺过，捏了捏，录音笔还在。齐傲雪没有发现。

"你想让我们帮你什么？"

"我害怕凌浩再来找我，我觉得你们应该会有办法。"

何器把录音笔的储存卡插到电脑上，录音笔记录下了全过程。

音频的最后，凌浩笑得很轻松："从现在起，我们是共犯，你要是敢说出去，死的就是你，知道吗？"

一阵琐碎的窸窣。

"好，搭把手，一块儿收拾一下。"

几只脚在四周走来走去，能听见穿衣、拖拽、关车门的声音。然后不知是谁踩到了开关键，录音戛然而止。

那个男生始终没有出声，只能隐约听到他因恐惧而粗重颤抖的喘息，如同那张照片上鬼魅一般模糊的影子。

17.

蜗牛

巨大的叶片像纸一样折叠在一起，扁扁的，二十六个小灵魂镶嵌在树叶里，连尖叫都没有发出。

2003 年，俞静和何器刚刚出生，凌浩一岁，牙牙学语，随父母住在盐洋市某重点初中教职工家属楼内。

那一年，"鸡娃"还是骂人的词，说起课外培训都是大学生家教，教育培训行业还没开始萌芽，连中介机构都少之又少。

庞恩典和凌浩的父亲凌国礼都是这所重点中学的老师，"非典"让那一年的校园比往年安静得多，因为学校把寒假延长了三个月。放假对夫妻俩来说意味着没有课时费，也意味着买不起凌浩的奶粉了。

向来风风火火的庞恩典坐不住了，说服凌国礼拿出所有积蓄租下了离学校不远的一间平房，给班里学生的家长挨个发短信招生。刚好家长们苦于孩子无学可上，再加上收费不贵，夫妻俩都是有口皆碑的好老师，除了教课之外也辅导写作业，家远的还能包午饭，所以一传十十传百，不到三个月，学生就多到一间平房坐不下了。

庞恩典当机立断，租下一排平房，偷偷聘请学校老师过来上课。随着队伍逐渐壮大，夫妻俩辞了职，注册公司"凌典教育"，专注做起培训机构。

2006 年，全国的教育培训行业迅猛发展，东风吹到盐洋，不少教育机构刚刚开始起步，凌典教育已经在盐洋市站稳了脚跟。"升学辅导"是他们的金字招牌，教学地点就设在距离市政府不远的一栋高档写字楼里。

那一年，凌浩四岁，他们搬进了盐洋市地价最贵的小区格林壹号，公司运营平稳。庞恩典本来是公司的一把手，但是凌国礼说凌浩还小，需要妈妈在家陪着。庞恩典想了想，她确实不放心让生性散漫的凌国礼来带儿子，思来想去，只好退居二线，让凌国礼管理公司，自己专心在家抚养凌浩。

从此，庞恩典把全部的心血都放到了凌浩的身上。在她眼中，凌浩不仅仅是她的儿子，更是凌典教育未来的招牌。于是，从凌浩记事起，他就再也没有睡过一个懒觉。

凌浩讨厌夏天，因为天亮得太早，天一亮就要起来跑步，跑完步就要开始学习。耳边充满禁忌，不准吃零食，不准看电视，不准发呆，不准拖延。钢琴键盘切碎英文单词，掺着数学公式塞进厚如辅导书的三明治里，绿油油的蔬菜汁臭如泥浆，每天都要喝上两杯。格林壹号小区很大，但他从没见过别的小孩，只能从每天七点准时响起的小提琴声里推测还有另一个痛苦的灵魂。

凌浩七岁那年，某天庞恩典有事出门，他偷偷溜出家，在小区里闲逛。刚下完雨，小区围墙边缘的绿色藤蔓青翠欲滴，凌浩发现了一只在叶片上缓慢蠕动的蜗牛，他掀开叶子，下面还有大小不一的三只，像一家子正在散步。凌浩把它们小心翼翼地拿下来。

那个下午，时间仿佛变得很慢，他一共找到了二十六只蜗牛，把它们放在一片巨大的叶子上，然后坐在一条长椅上，专注地观察着这些呆滞缓慢的小东西。它们在叶片上爬着，轻轻探出触角，感到威胁就会立刻缩起，好像这层薄薄的壳可以抵抗一切。

因为过于专注，凌浩忘记了母亲回家的时间，等他看到那辆蓝色轿车驶进拐角时，已经来不及了。他心里涌起一阵恐惧，他知道如果被庞恩典发现自己一下午都在浪费时间，下场一定很惨。"不能让妈妈知道"，他心里只剩这一个念头。

于是凌浩把叶片迅速一卷，放到长椅上，然后重重地坐了下去。

"你在这儿干什么？"庞恩典把车停在凌浩身边。

"跑……跑步。"凌浩头都不敢抬。

短暂沉默几秒。"上车。"

凌浩松了一口气，站起来，趁着关车门的间隙迅速一瞥。

椅子上，巨大的叶片像纸一样折叠在一起，扁扁的，二十六个小灵魂镶嵌在树叶里，连尖叫都没有发出。

奇怪的是，凌浩发现自己心里涌现的不是悲伤，而是想展开仔细看一看的欲望。

2010 年，凌浩升入三年级，庞恩典的付出有着肉眼可见的回报，凌浩的成绩永远名列前茅，成了"凌典教育"的活招牌。但与此同时，凌典教育遇到了巨大的危机，越来越多的培训机构出现，生源饱和，竞争激烈，即使凌国礼给那些校长塞再多钱，给再多回扣，永远有别的机构能超过他。

不少教室空置，分校关门，更让凌典教育雪上加霜的是，年底有女员工发长文控诉凌国礼长时间性骚扰女员工和女学生，聊天记录被做成 PDF 发到网上，成了盐洋市街头巷尾的丑闻。没过几天，庞恩典亲自给受害者登门道歉，付了一大笔补偿金，逼凌国礼发致歉声明，这件事才渐渐平息。但是凌典教育再也没了往昔的辉煌，生源缩水，教师离职，公司如同长着霉斑的苹果，只能眼睁睁看着它一点一点溃烂下去而无回天之力。

与凌典教育一同溃烂的还有凌国礼的精神。他不愿意去公司，不愿意出门，每天躲在家里喝酒打牌。庞恩典想让凌国礼让渡公司的管理权，但是凌国礼每次都会勃然大怒，大吼着"凌典教育姓凌！"，再后来，怒吼变成撕扯，变成摔在墙上的红酒，变成有洞的电视，变成鱼缸破碎后在地上翻肚皮的金鱼，变成庞恩典脸上身上肆虐的淤青和打着石膏的胳膊。

几年之后，社会上流行一种东西叫"盲盒"，对凌浩而言，这种东西在他九岁那年就有了。"盒"是"家"，"盲"是"开门后的未知"。他不知道每次开门后家里又是怎样的狼藉，不知开门后又会听到父亲怎样的咒骂和母亲的哭号。所以每天放学之后，他都会先藏到停在楼下的车里，在后备厢里躲一会儿再回家。

后备厢很宽敞，刚好够他蜷缩，他每次都会留一道缝隙偷偷看着外面的天色。等夜幕漫过轮胎，路灯亮起，家里的战争就会稍稍平息。

谷雨那天，刚下了一阵小雨，凉风习习，凌浩不小心在后备厢睡着了。夜幕笼罩，突然一声巨响把他惊醒，他睁开眼睛。

车子厉声尖叫，车灯狂乱闪烁。一股黏稠的液体缓缓渗进后备厢，滴在他的脸上。凌浩慢慢打开盖子，下车，回头看到了塌陷的车顶和镶嵌在铁皮里的父亲。

母亲的尖叫声从十楼的窗户里传来。

凌国礼的死因是心梗发作，不慎跌下阳台。公司没了一把手，员工们人心涣散，都觉得公司要完了，谁知庞恩典刚忙完葬礼，转头就宣布接管凌典教育。

第一件事，就是向那些控诉的被害者道歉赔偿，让她们删除所有对凌典教育不利的言论，重新树立企业形象。第二件事，就是立刻大刀阔斧改革，重金聘请顶尖高校的毕业生加入教研团队，通过独一无二的授课内容打造了自己的教育厂牌。

不到三年，凌典教育又重新坐稳了盐洋市教育培训行业第一把交椅，公司 logo 也变成了庞恩典自己的头像。

对于父亲的死，凌浩始终没有和母亲谈过，倒是母亲经常会提起父亲："你不要跟你爸一样，让我失望。"这句话成了凌浩的梦魇。

他知道母亲需要自己优秀，他知道只有优秀才会换来母亲的爱。

但，什么是失望呢？失望会怎样呢？也会死吗？像爸爸一样。

这种没有答案的想象像一根坚韧的渔线，在很多个黑夜朝他身上往复切割，但每次都能避开要害。只有疼，没有生命危险的那种疼。

他当然不敢验证这个答案，只能继续按照庞恩典给自己的规划长大。几年后，凌浩以优异的成绩考入了省城的重点高中，进入那所学校意味着半只脚跨进了清北。但是这个学校汇聚了全市最优秀最有权势的人，班里的人从成绩到资源到视野，一个比一个厉害，凌浩引以为傲的钢琴十级、会变魔术变得一文不值，从小包裹在凌浩耳边的恭维与夸奖在这里销声匿迹。在这种学校，时时刻刻方方面面都需要竞争，竞争就意味着压力，而压力是需要出口的。

这里阶级分明，外地人是食物链的最底层。独自一人在这里上学的凌浩成了他们的发泄对象。他们在他身上谨慎地留下各种伤疤，不至于太痛让他上不了课，不至于太大会引起老师注意。

在省重点那几年，凌浩只学会了一件事：恶意是有重量的，它只会往下，不会往上。

他从来不敢告诉母亲，因为这些伤疤都是懦弱的证明。他宁可默默忍受，也不想看母亲失望的眼睛。

但是第一年高考，他无可避免地失败了。尽管成绩过了一本线，但远远够不上给"凌典教育"打广告的程度。省重点不收复读生，庞恩典只好把他转回盐洋。

那段时间，家里一片死寂，庞恩典几乎没有和他主动说过话，除了一句："我再给你一年的时间，别让我失望。"

在实验高中这种地方，凌浩轻易地成了食物链顶端，那些崇拜、惧怕、好奇的目光让他重新找回了久违的掌控感。这是一座向他敞开的花园，征服齐傲雪这样的女生不需要花太多力气。他像一株被移出盆栽的有毒藤蔓，无处附着的触须终于有了可供缠绕的柔软栖地。

收服迟成这样的男生更简单，只要把这座花园敞开一角，这是男生之间终极的秘密。如果那个密码本里的文字还是一张图纸，那么凌浩打开的就是一座隐秘王国。他们谨慎挑选着那些单亲、无权无势、性格懦弱、自卑听话的女孩，这样的女孩没有威胁，即使他把她们带到后备厢，即使她们并不乐意，但也不会长久地反抗，更不会说出去，羞耻和害怕会缝住她们的嘴。

凌浩不是没有想过母亲知道的后果，他曾无数次梦见母亲把他推下阳台，自己像父亲一样碎在车顶。

他知道，那根渔线还在，在黑夜里闪着寒光，随时会把他拦腰切断。这样的恐惧越是巨大，他就越是渴望打开后备厢，把那些女孩塞进去，揉碎，毁掉，像那二十六只蜗牛一样。

"万一交出去学校不管，万一得罪了他妈妈，我们连高考都参加不了怎么办？"齐傲雪忧心忡忡。

"万一你不是第一个，俞静也不是最后一个怎么办？"何器看着她。

黄昏正浓，三个人躲在学校实验楼的天台向下看去。这节是体育课，凌浩和一群男生打着球，女生三三两两绕着操场散步。是否还别的女孩正默默吞咽着痛苦和恐惧，她们无从得知，她们唯一确定的是，如果这件事不在她们这里终结，还会有更多的受害者产生。

"他不会放过我们的。"

"是我们不会放过他。我们有证据。"何器举起录音笔。

"还有人证。"俞静举起一只荧光绿的耳塞。她们事后又去了一次小树林,在那里捡到了这只耳塞,很有可能就是最后闯入现场的男生留下的。

"只要找到这个耳塞是谁的,我们就有把握了。"

"在此之前,千万不要被他们发现。"

三个人相视点头。

"传给我!传给我!"

操场上,凌浩投了一个三分球,他和迟成快乐地击掌,享受着最后一个无忧无虑的黄昏。

18.
暗礁

一个女生倘若经过这一遭，就会失去所有的抵抗能力。

如何伪装成一个毫发无伤的受害者，俞静深谙其中的纹路。只要她想，她就可以变成凌浩和迟成想看到的"被驯服"的人，因为她从小到大都是这么做的。她依靠这样的演技一路苟活到今天，不过这次，有何器在，她莫名徒增了很多勇气。她们不想再让更多的受害者卷入其中，她想让自己成为那个休止符。

何器调亮了齐傲雪拍的那张照片，只能看清那个男生穿着校服。录音可以听出来他是无意闯入的，平时跟凌浩、迟成没什么交集，所以不是迟成那一伙的，有些胆小，但这样特征的男生一抓一大把。

耳塞是个很有利的线索，那片小树林几乎不会有学生过去，更何况戴着耳塞。不过临近高考，几乎人人都有耳塞。这个耳塞是荧光绿的，有深绿色墨迹纹路，看上去很普通，但是何器通过反复对比发现，这是个不常见的牌子"米度狗"，价格比最常见的安耳悠和3M贵一点，用的人很少，仔细看造型还是会有区别。

晚自习、课间、跑操、体育课，三个人抓住一切机会观察和检查班里男生的耳塞，可惜全班都找了一遍，但没有发现一个人戴"米度狗"这个牌子，更别说少一只的了。不过这反而证明何器是对的，那个人一定是心虚藏了起来。

她们只能继续缩小范围。

事情发生在第三节课晚自习，说明那个人当时不在教室，再加上凌浩下手不轻，可能还受了伤。

何器突然发现周言阳手上贴着一个创可贴，走路一瘸一拐，于是趁着晚自习放学，追上了独自一人走路的周言阳。

"你手是怎么回事？"

周言阳吓了一跳，见是何器之后更为惊讶，因为自从他们分手之后，何器很少主动找自己说话，更别说关心自己了。

"啊，不小心砸的。"

"怎么砸的？"

"就是校庆那天，老田让我带人去拆礼堂的架子，有个架子掉下来……"

"谁能做证？"

"好几个人都被砸到了……怎么了何器，发生什么事了吗？"周言阳听出来了，何器不是在关心他，而是有别的事。

何器看着他的眼睛。两年前，周言阳就是在这条路上跟自己告白的，他爱上自己的理由简单到离谱："因为你是唯一一个，每次说话都会特意绕到我左边的人。其他人经常忘记我右耳听不见，只有你一次都没有忘记过。"对周言阳这种一直处在自卑深渊的人来说，这样一点微小的善意已经亮如萤火。何器也很意外周言阳会注意到这一点。出于某种微妙的感动，她答应了周言阳的告白，因为她觉得这种在恶意里幸存下来的男生绝对不会伤害自己。直到后来看到那个本子里对屠杀自己的勾画，她才意识到自己对于人性的预判有多可笑。

"到底怎么了？要我帮忙吗？"周言阳追问了一句。

"那天晚上谁去了？中间有人离开吗？"

"我们宿舍的，我、李康、杨百聪、胡谦，还有隔壁宿舍四个男生……"周言阳皱眉思索，"我忘了有没有人离开，但我们不是一起回的。"

"你没有去过别的地方吗？"

"没有啊，我们那天不是在楼梯上撞见了吗？你往下跑，差点撞到我。"

"好，我知道了。"何器说完转身要走，又停脚，"别告诉任何人，谢谢！"

周言阳叫住何器："其实我一直想跟你说，那篇文章……"

"我不想提这件事，"何器没有回头看他，"不管出于什么原因，你都已经做出选择了，宁愿伤害我，也不愿意得罪那些人。你以为这是一件很小的事对吗？但我告诉你，对于那个本子里每一个女生，这都不是一件小事。"

何器头也不回地离开了。

嫌疑人缩小到这八个男生身上。隔壁宿舍四个男生基本上是迟成那一伙的，最大的嫌疑就在周言阳这个宿舍的男生身上。

周言阳可以排除嫌疑，因为何器冲下楼梯的时候，那个"黑影"应该还在小树林。

李康，俞静想到这个名字心里就一阵抽搐，那个本子里李康对自己的侵犯描写至今历历在目。自从这件事被俞静知道之后，李康就阴了，对俞静唯命是从。但是这种"阴"的背后有没有报复的种子，谁也不敢确定。再加上李康他爸让他一毕业就去自家的4S店打工，所以他没有学习压力，平时吊儿郎当，但谁也不敢得罪，所以嫌疑很大。唯一的漏洞是他那天没穿校服，他因为不爱穿校服被老田骂过很多次。

杨百聪，外号白洋葱，虽然长得人高马大，但是很内向，也不太讲卫生，没有任何爱好，眼里只有学习这一件事，每次考试都会紧张到呕吐。据说他的考试目标是超越周言阳，怪不得每次发成绩单都会哭。他之所以也在那个本子里写小黄文，是因为迟成威胁他不写就烧他的笔记本，那个笔记本是他考试的"命根子"，谁都不让碰。杨百聪被排除嫌疑的原因是他比凌浩高，而且以他的心理素质，发生那样的事绝对会崩溃。何器和俞静瞥了一眼前排的杨百聪，他正手舞足蹈地背着单词，看不出任何异常。

最后一个人，胡谦，人很瘦，永远都是一副营养不良的样子，其实家境不差，却喜欢在超市偷一些便笺纸、口香糖之类不值钱的东西，被老板抓过很多次，检讨书写了一本子也无济于事。他做梦都想和迟成那些人混，但是迟成嫌他手不干净，会给自己抹黑，所以从来不搭理他的殷勤讨好。但是这几天胡谦和迟成走得很近，甚至还一起打球。

如果可以证明胡谦是当晚第三个人，那么何器、俞静和齐傲雪就有把握报警了，凌浩和迟成可以不怕曝光，但是胡谦不行。他没有任何背景，一旦坐牢一辈子就毁了，何器有把握把他从"共犯"变成"目击者"，到时候就算凌浩把侵犯说成两情相悦，也难敌这些证据和口供。

为了避免被男生发现，她们不会公开聚在一起讨论。偶尔会去学校的天台，或者用手机交流。本以为这样可以瞒天过海，揪出最后一个人，但她们还是低估了男生的团结。

得知齐傲雪也和何器、俞静混在一起了，还在调查自己的事，凌浩第一反应是觉得有点可笑。因为按照以往的经验，一个女生倘若经过这一遭，就会失去所有的抵抗能力，倒不是说人生就此毁掉，而是会让她们产生巨大的自我怀疑。性的闸刀一旦打开，随之切碎的就是自尊和自信，很多人会在短暂的恨意之后更加迷恋自己，这个现象凌浩很难解释，但非常享受其中。

为了避免麻烦，他会很谨慎地挑选那些女孩。他已经够谨慎了，俞静完美符合"鱼肉"的特征，家境不好，与父母关系不好，没有家庭做庇佑，外表看似坚不可摧实际自卑敏感得要命，她的生活明明一碰就会烂在地上，为什么还有力气捡起来撑着？只有一个解释，那就是何器。

凌浩从一开始就知道，绝不能招惹何器，除了家庭背景，这个女生身上还有一种他从未见过的气息。

他其实很迷恋那些女生因为恐惧自己而瑟瑟发抖的感觉，据说肾上腺素有一种特殊的味道，有些食肉动物会利用这种气味来找寻猎物。想想看那些颤抖的猎物想要躲藏，却不清楚自己身上发出的味道反而会引来杀机。但是何器身上没有，她自始至终都带着不屑一顾的姿态，虽然表现出来的也是冷漠，但跟俞静的"逃避"很不一样，而且自成一体，不易动摇。

从他转学过来，何器似乎就看穿了自己想要藏起来的虚弱，那些需要用大量赞赏和崇拜来浇灌的虚弱。对付俞静，只需要以往的套路即可，但是对付何器，他没有别的办法。他总是会想起那次他在台上表演完"人体切割"，台下有两双让他惧怕的眼睛，一双来自自己的母亲，另一双就是何器的。他永远忘不了那一瞬间感受到的寒意，何器仿佛随时都能冲上来和自己同归于尽。

好在，他知道何器的弱点是什么。

他必须尽快行动。

19.
烧 船

你不怕，何器不怕吗？你以为你们的人生一样吗？

　　实验高中两周放一次大假，这周末赶上了何器的生日，两人约好一起去海边。因为这周末有个风筝节，势必又是个多云有风的好天气。

　　俞静飞快地收着书包，把何器给她做的复习笔记认真装好，手机在空荡荡的桌洞里振了两下，俞静打开，是齐傲雪发来的消息——"来一下苍蝇街，别告诉何器。"

　　俞静抬头看了眼在门口等她的何器，系主任从何器身边经过，停下来和她轻声说着什么。前几天听说，清北招生办来学校问了几个学生的情况，其中就有何器。俞静低头快速回复——"为什么？"

　　还没按发送，齐傲雪第二条信息就追来了——"就一起吃个饭，有事和你说。"

俞静想了想，背包走出去，听见系主任让何器回去好好准备，希望很大，何器跟老师礼貌地鞠躬道谢，然后开心地挽着俞静的胳膊。

"走吧！"

俞静停下脚步说："你先回吧，我肚子有点痛。"

"那我等你。"

"不用啦，我们又不顺路，而且你爸已经来了。"俞静扭头看着校门口何世涛醒目的蓝色轿车，"没事，反正明天还要见。"

何器想了想："好吧！那就明天见！下午四点，别忘了！"

俞静点点头。

"哦，对了，"何器走出几步忽然停脚，回头冲俞静做了一个鱼嘴开合的手势，又拍了拍包，意思是"卡在包里"。

"我回去绝对藏好，放心吧！"何器招招手。

她们最终决定，录音笔的存储卡还是放在何器家比较安全，毕竟俞静连自己的房间都没有。

见何器的背影消失在拐角，俞静低头回复——"这就来。"

苍蝇街离学校不远，过条马路步行十分钟就到了，原先叫藏缨街，听说很早的时候就有了，临河而建，原本是条宽敞的步行街，后来城市改造，盐洋市又申请了联合国最佳宜居城市的评选，城管天天出动，原本散布在城市褶皱里的小摊小贩一夜之间都被驱赶到这里。这是城市治理大刀下留的一寸活口。

于是没过几年，清河变成了脏河，夏天暴雨涨潮的时候恶臭翻涌，坐在河边撸串的人经常能看见河里漂出一具浮尸。有的是抓鱼时失足滑落的，有的是特意寻死的，街头的石柱上时不时贴几张寻尸海报。即便如此，当地人还是坚信最正宗的美食永远都藏在这样的地方，所以一年四季都很热闹，也成了附近学校不少小混混的据点。

俞静在袖子里藏了一把新买的小刀，自从出事之后，这成了她的习惯。

齐傲雪站在路中央张望，她戴着棒球帽，帽檐压得低低的，在一家海鲜烧烤摊前冲俞静使劲招手。俞静走近了才发现她鼻青脸肿，胳膊上还缠着纱布。俞静瞥了一眼桌子，凌浩也在，俞静心里咯噔一下，一股不好的预感袭来。

"你跟他说什么了？"俞静一把拽住齐傲雪的胳膊，齐傲雪疼得叫了一声，她满脸内疚地低下头。

"哎，急什么呀？坐下慢慢说。"凌浩把齐傲雪轻轻拽到自己身边的马扎上，指了指对面的小马扎，"坐。"

"又想来哪套？"俞静悄悄亮出袖子里的刀尖，抵在油乎乎的塑料桌上。

"别激动，我们今天就纯聊天，纯聊，你看，只有我，迟成都没叫。再说这旁边这么多人，我能干什么？"凌浩一副坦荡荡的架势。

俞静左右看了看，正值晚饭时间，又是周五，街上的人挤挤挨挨，桌子都坐满了。俞静想了想，拉开马扎坐下。

"老板，再上十个烤生蚝！"凌浩招呼。

俞静一言不发地看着他，等着他先开口。

凌浩吃了颗毛豆，盯着她："我听说，你们有录音？什么录音？方不方便交流一下？"

俞静往后一撤："我不知道你在说什么。"

凌浩拍拍齐傲雪："那你说，我在说什么？"

齐傲雪小声嗫嚅："她们有……有录音笔……"

俞静一拍桌子："你有病啊？到底谁在帮你啊？"

齐傲雪脸色惨白，好像随时都要晕倒的样子："对不起……对不起……"

"啧，你吓唬她干什么？"凌浩轻轻把手放在齐傲雪的大腿上摩挲，"小姑娘嘛，要脸。肯定不想让她老爹看到她以前给我发的那些照片。"

齐傲雪瑟瑟发抖，头都不敢抬。凌浩给俞静倒了一杯啤酒，又给自己倒了一杯。

"俞静，其实我特别尊重你跟何器，你们俩跟别的女生不一样，我甘拜下风，我敬你一杯。"凌浩知道俞静不会喝的，所以自己仰头喝了一杯，又给自己满上。

"第二件事，就是跟你道个歉。前几天吓到你了，挺不好意思的。开个玩笑而已，别当真。"凌浩说完一饮而尽。

"第三件事，就是想跟你商量一下，你把录音给我，我保证以后绝对不会招惹你，以后没有任何人敢招惹你……还有何器。"凌浩刚要喝，俞静伸手夺过酒杯，把酒泼到了地上。

凌浩和齐傲雪都愣了一下，凌浩的眼神瞬间冷却，过了几秒笑容又重新回到他脸上。

"不至于啊，所以说商量嘛，那你想怎么办？"

俞静冷冷地看着他。

"生蚝来咯！"十只肥硕的大生蚝摆在薄薄的不锈钢盘子里，金黄的蒜蓉嗞嗞作响，蚝肉轻轻鼓动，仿佛还是活的。

"你可能没听懂我的意思，"凌浩给自己和俞静各夹了一只生蚝，"我的意思是，录音给我，我就保证不碰你们，不给我呢，就比较麻烦。还有不到三个月就高考了，我听说何器能冲清北……"

"这件事跟何器无关！"

"对，要的就是这句话，"凌浩笑了一下，"这是我们之间的事，对吧？"

"你到底要干什么？"

"×，跟你这种差生说话真费劲！"凌浩扔下筷子，脸上恢复以往冰冷的神色，"录音现在在谁那里？"

"我们藏起来了，你找不到的。"俞静知道凌浩扔牌了，他比谁都怕这份录音流出来。

"是你藏起来了，还是何器？"

"我们，藏起，来了，"俞静一字一句地说，"跟你这种优等生说话真费劲。"

凌浩的脸颊发红，不知是因为酒意还是怒气。

"俞静，你们要是敢把这个东西交出去，不管是警察还是谁，我敢跟你保证，我会赌上我下半辈子搞死你和何器。就算我进去了，还有迟成，你想想，他爹会放过你？"

"你以为我怕吗？"俞静攥紧拳头。

"你不怕，何器不怕吗？你以为你们的人生一样吗？"

俞静没有说话，凌浩指着盘子里剩下的几只生蚝："这十个，在这个摊儿上，二十五块钱，但是包上锡纸，挤上柠檬汁，放到迟成他老爸的饭店里，知道一只卖多少钱吗？一百六十九！你看，一样构造的东西，就因为生在了不同的地方，价格就差这么多。俞静，你还没想明白吗？你的命跟何器的命生下来就不一样，你的人生有什么好可惜的？你爹？你妈？你家的破船？你的成绩？还是你的未来？你有哪样东西，是值得牺牲何器的？她能考上大学，走出去，过上她想过的生活，你呢？你可以把下半辈子赌上来毁掉我，何器怎么办？你替她想过吗？"

俞静两眼通红，死死盯着桌子上逐渐冷却的生蚝。

凌浩慢慢给自己倒了一杯酒："把录音给我，我保证这些都不会发生……"

俞静一把夺过那杯酒，声音压得低低的："高考之前，不准再干那种事，对谁都不行，离我和何器远远的。一高考完，录音就给你。这件事就当没有发生过……"

俞静捏住酒杯，缓缓推到凌浩面前。

凌浩想了想，满意地点点头，举起酒杯一口喝下。

周六海边的风很大，沙滩上满是放风筝的人。无数风筝在天上飞舞，什么样的都能看到。

何器穿着一条牛仔裤，一件白衬衣，破天荒地散下了头发，飞快地向俞静跑来，在快撞上她的时候又敏捷地躲开，然后大笑。这是她们小时候常玩的把戏，俞静露出一个惨淡的笑容。

"你怎么了？怎么感觉这么憔悴？"何器递给俞静一支雪糕，两人边吃边走。

"没事，没睡好。可能因为快高考了吧……"

"哎呀，别紧张！平常心！等高考完，我们就一起出去玩。你想去哪里？"

"嗯……"俞静无心思索，"你呢？"

"我想带你去日本找我妈妈玩，"何器低下头，笑得很开心，"我妈说，只要考上大学，就可以去找她，不过考上之前我不想联系她。所以我好想赶紧考完……你看，这是她给我寄的生日礼物，好看吗？"她脖子上戴着一枚小小的贝壳银饰，在阳光下闪闪发光。

俞静点点头："那个卡，你放好了吗？"

"放好啦，我已经想好怎么对付胡谦了，等他愿意做证，我们就报警，这样胜算会比较大。你有没有看这两天的新闻？那个女生没有证据就去报警，结果还被反咬一口……"

"那个，不然，我们高考之后再报警吧……"俞静抿紧嘴巴。

何器警觉地停下脚步："为什么？怎么了？……凌浩找你了？"

"没有没有！"俞静连忙摆手，"我就是觉得，还有不到三个月就高考了，现在报警得不偿失，万一出现别的事耽误复习进度，这三年不就白搭了……"

"不会啊，报警之后交给警察就好了，"何器看着俞静，"你是不是……不想回忆那件事？"

俞静沉默了一会儿，点点头："对，我想先好好考试。你知道我底子差，心理素质也不好，虽然肯定不能和你考一个大学，但是我不想放弃。何器，你放心，我不害怕，我就是想做一个对我们都好的选择。"

俞静坦然地接住了何器疑惑的目光，半晌，何器点点头："好吧，我听你的，你让我什么时候把卡拿出来，我就什么时候拿出来。"

远方的天空突然传来一阵响亮的嗡嗡声，一只巨大的七彩章

鱼风筝腾空而起，绵长的触须在天空有序翻舞，其他风筝纷纷
避让。

两人发现她们已经不知不觉走到了码头，一整排靠岸的渔船
整整齐齐地排在岸边，码头上渔民的叫卖声伴随着海风隐隐飘来。

俞静看到一只螃蟹正在奋力爬出一只塑料盆。

"打个赌吧，如果这只螃蟹能爬出来，我就能幸福。"

何器笑了一下，这也是她们小时候常玩的游戏。

那只螃蟹奋力一攀，吧嗒掉在了地上，两人不自觉地欢呼雀
跃，渔民疑惑地看着她们。

何器把目光投向远方，来买海鲜的行人、电动车、自行车络
绎不绝，一只小土狗追着一辆电动车飞快跑着。

"要是那只小狗能追上那辆车，我就能幸福。"

电动车急刹，小狗像箭一样蹿了出去，把电动车远远甩在
后面。

两人再次击掌，然后把目光投向别处。

"要是现在有一顶帽子被大风刮跑我就能幸福。"

"要是那两只风筝缠在一起，我就能幸福。"

"要是现在有人大笑，我就能幸福。"

"要是……"

俞静突然停脚，看向不远处那一排停泊的渔船，喃喃自语：
"要是我睁开眼，那艘船在着火，我就能幸福。"

何器赶紧拍拍她："不要拿这种小概率的事打赌啊，会输的。"

"因为本来就是小概率的事啊。"

何器若有所思地看向那排渔船："好，那我们一起闭上眼睛吧，如果睁开眼，那艘船在着火，我们都能幸福。"

"三、二、一。"

我此后再也没有见过那么壮丽的晚霞。

火烧云瞬间铺满天际，宽阔的海面灼成耀眼的红色，那一整排微微摇曳的渔船燃起熊熊烈火，桅杆是晾晒千百年的枯槁枝丫，翻飞的渔网拽出海面甩出千万点星火，银鱼雀跃，烈焰翻腾。

那一天，像是有种冥冥之中的恩慈在保护着我们，将我们的脸颊灼烧成饱含希望的颜色，一种婉转的谎言把我从彻骨的寒意里轻轻托起。

何器，这个城市似乎有种吸引我腐烂的引力，每当我想好一点，想追随着你往光亮处行走，这个引力就会再次加剧，把我一次次拉入深渊。

何器，倘若我的生命中还有一点值得留恋的东西，那必是知道这个世界上会有人无条件地保护着我，在每一个我想要放弃的关口，用尽一切可能把我轻轻带离原地。

我无法接受你的离去，当我反复看着你生前最后一条视频，发现除了"救我"，还有第二个手势——右手像鱼嘴一样轻轻开合，手捏起来，扣在耳朵上。

我不知道那是什么意思。

2020 年 7 月那个漆黑的夜晚，海水漫到我的腰部，我突然意识到第二个手势的意思。

——"卡在海螺里"。

我的双脚停在一片轻柔冰冷的沙滩上，海水将我拦腰斩断。何器，你再次把我从垂直的泥淖中拉了出去，尽管是以这样的方式。

我还不能死。

至少，那一刻我知道了，你想让我干什么。

Chapter 04

第四章

鱼

猎

20.
海鸟

她谈恋爱、穿什么、去哪里、喝不喝酒都不应该死！

我在家里潮热的凉席上醒来，是何器下葬后的第二天。

那天晚上，我站在齐腰的海水里突然想明白何器第二个手势的意思，立刻从触手般的沙滩中挣脱出来，狂奔回家，却因为体力不支昏倒在家门口。之后的三四天我高烧不止，一直说胡话，诊所的医生给我打了针，说我就是精神压力太大导致的疲劳，休息过来就好了。于是接下来的几天，我不分昼夜地昏睡，被无数梦境撺着奔走，全部都跟何器有关。我们在空无一人的大街小巷里转悠，在小时候拆迁的废墟里找到一只坏掉的风筝，在空无一人的码头上看海水把道路和村庄点燃，我们站在挂满被单的天台上，又厚又大的云朵在天上飞速变幻，何器轻轻哼着一首我没听过的歌，在我看不见的地方轻盈穿梭，我不停叫着何器的名字，不停掀开翻舞的彩色床单，何器的歌声断断续续，阳光从云朵里挣脱出来，床单后面的影子时而是她，时而是一只海鸟的轮廓，我说："何器你在哪里？"听到的只有一阵响亮振翅的声音，然后"砰"一声落地。

我瞬间惊醒，额角的头发和背心早已湿透。良久，我缓缓移动酥麻的胳膊，身上的酸痛还未退去，屋里一片漆黑，天空泛着一丝清冷的光亮，门缝里传来的交谈声和炸鱼的香气提醒我现在是晚饭时间。

我梦见何器死了。

按亮手机，班群里几千条未读消息提醒我那不是梦。

在我昏睡的这段时间，何器被她爸爸安葬在了西郊的千秋苑公墓，她的葬礼也很简单，用的是千秋苑的公共灵堂，遗像是她高中毕业证上的照片，那件校服还是借我的。第一天很热闹，记者跟着周言阳的妈妈去灵堂，那个白发苍苍愁容满面的妇女并不熟悉公共灵堂的规矩，一见到遗像就跪下来号啕大哭，在冰冷的水泥地面上拼命磕头。面对一屋子的记者，何世涛没做什么，只是冷冷甩下一句"让你儿子偿命就行"。学校禁止学生接受采访，也不准去参加葬礼，一经发现就追回毕业证，只让老田代表学校送去几个花圈还有何器的高考成绩单，679 分，加上她之前的履历，去清北是板上钉钉。何世涛想都没想就把成绩单扔进火盆，所有人嘴里的那句"可惜"也被一并烧成了烟灰。

直到何器下葬，她的妈妈都没有出现。

这些都是根据群里琐碎的消息拼凑出的信息。再往下翻，就都是报备高考成绩、讨论报考院校和专业、互相恭喜的内容了。凌浩发了一千块的红包被瞬间抢光，他考得不错，打算去上海读金融，迟成准备出国，每个人都有着光明的前程。老田发来一张全班的高考成绩统计单，排名第一的是周言阳，但是总人数少了一个，没有何器。

我问："为什么没有何器？她又不是没有参加高考。"

所有人都视而不见，绕过我继续开着"苟富贵，勿相忘"的玩笑。

我退了群，关上手机，在黑暗中坐着。

屋里有股难闻的潮湿气味，蚊帐松松垮垮，墙上有一只小壁虎静静趴着。墙角堆放着粮食袋子、油桶和晒干的海货，我的书包本子被随意扔在墙角。门外传来父亲的笑声，我很久没听过他笑了，所以留神听了听。

"二姑奶真灵啊……就是刺猬确实不好找……你以后别碰凉水了，好好养身子，等儿子生下来……"

"先别说，万一不是儿子呢？"

"错不了，二姑奶连小名儿都给起了，叫多多。"

"多多好……"母亲嗑着瓜子，语气也掩藏不住喜悦，"哎，老俞，怎么跟静静说？"

"不用专门说，她都那么大了，该知道就知道了。"

"她要是不想有弟弟呢？"

"又不让她养！……考那么两分也就上个技校，将来什么时候挣钱养咱？我有等她那工夫，儿子早中用了，我看也别让她上学了，还不如让她在家帮忙干活……"

"你小点声，别让静静听见，小何刚死，她心里不好受……"

"小何这孩子也是，"父亲捏开一个花生，"学习那么好，谈什么恋爱？大晚上的穿着裙子，还跟小男孩出去，又喝了酒，不杀她杀谁？可怜她爸爸，白养那么大……"

我再也听不下去，砰一声撞开门，怒气冲冲地盯着父亲。母亲赶紧站起身："过来吃饭。"

我不知道哪儿来的勇气一下子冲到他的面前："何嚣死了，你知道死了是什么意思吗？就是她现在应该高高兴兴在家吃晚饭看电视，结果现在烧成一把灰埋在山上喂虫子！是她自己想死的？她谈恋爱、穿什么、去哪里、喝不喝酒都不应该死！最可怜的是她，不是她爸爸！"

父亲显然吓了一跳，巨大的怒意在他脸上汇聚，没等他扬起巴掌，我自己猛地抽了自己一巴掌："打！打死我！你不早就想打死我吗？"我抄起桌子上撬海蛎子壳的小铲刀架在脖子上，"你数三二一，我不用你动手，我自己死，我巴不得……"

父亲一脚踹在我的肚子上，我手里的铲刀飞到远处，母亲吓得叫了一声。父亲高大的身影挡住光线："何器死了可惜，死的怎么不是你？"

我趴在地上，一下子失去了所有的力气。

他当然不知道，如果那天晚上我去了，死的就是我了。

同学聚会的前一天，我去何器家找她，她以为我是考得不好出来散心，其实我是想说服她把卡还给凌浩，这件事到此为止。

"什么？"何器在小区的游乐场边缘停脚，不可思议地看着我。

"我已经答应凌浩了，我让他不要烦你，不要烦其他人，所以这段时间你也看到了，他守了信用……"

"那是因为他害怕，不是他守信用！"何器有些着急，拉着我坐到一个并排滑梯的底端，"你被他骗了，就是他理亏，他用高考来威胁我们，实际上最害怕因为这件事影响高考的是他自己。你想想，他妈妈，做教育的，儿子是个强奸犯，他家辅导班谁还敢报？而且我们已经高考完了，现在报警，受影响的只有他……"

"那之后呢？报警之后呢？就算证据成立，他被抓，判刑，坐牢，我查过，这种情况也就是十年以下，以他的性格，出来会放过我们吗？要是证据不成立，或者他妈妈保他，他被无罪释放怎么办？"

"还有齐傲雪，还有别人可以做证……这件事不能就这么过去，凭什么他好好地享受他的人生，你要自己消化这些？他以后只会变本加厉！"

我沉默了一会儿，不远处的空秋千轻轻荡着，咯吱咯吱的声音分外刺耳。

"你也知道盐洋这个地方，他们把面子看得比命重多了。这件事要是传出去，上电视上新闻，凌浩还没被抓，我可能就被我爸打死了。"我捡起脚边的一片新鲜的叶子，用指甲掐出印记，"说出来你可能不信，我其实已经不记得那天晚上是什么感觉了，只记得很冷，其他的都还好……我甚至没那么恨凌浩，就像我小时候，被我爸打得要死，我在墙上刻'我一辈子都不会原谅你'，晚上还是会坐在一起吃饭……"

"这是两码事，你就是说服自己……"

"别说了何器，把卡给我吧，这段录音就当不存在，因为这从头到尾都是我一个人的事。你已经考上大学了，可以去找你的妈妈，我会回去复读，争取明年考到一个离这里最远的城市，我们让这件事过去吧，我不想再提了……"我把叶子撕成碎片，撒在脚下。

"所以你答应他，是不想连累我对吧？"何器的眼眶有些发红，"你说错了一点，从头到尾都不是你一个人的事，我既然知道了，听见了，它就是我的事，换作是你，你也不会袖手旁观的。"

何器站起身："录音我不会给你的，明天的同学聚会你也不要去，我会让胡谦出来做证，我要让你看着凌浩和迟成坐牢。"

何器往前走了几步，回头看我。路灯下，一群小飞虫在她头顶上方盘旋，她冲我挥挥手，粲然一笑："回去吧，有我呢。"

这是她跟我说的最后一句话。

何器尸体被找到的当天，我问遍了所有的人当晚发生了什么，他们只说在迟成爸爸的酒店吃完饭后就散了。当时是晚上十点左右，没有第二轮，因为每个人都喝了很多酒，大部分人直接打车回家了。谁也不知道何器是什么时候走的，跟谁走的。

那段视频是晚上十一点多发出来的，在凌浩的船上。说明何器散场后单独找了凌浩，视频里的何器虽然在笑着，但是她的手势说明了两件事：第一，她意识到自己有危险，所以要留下信息；第二，这些手势只有我能看懂，所以这件事只能由我来替她完成。

"卡在海螺里。"

海螺就是我们小学毕业那天她送的那一对。我的那只在家里，跟我的旧物堆放在床底，落满灰尘，她的那只海螺一定还在何家。

我从地上爬起来，拍了拍衣服上的鞋印，进去穿上鞋子和外套，没有看父母一眼，出门打了一辆车，直奔海韵花园。

我不敢细想，是不是我的懦弱害死了何器，但我接下来要做的就是找到这张卡，完成何器没有完成的事情。

只要我去找何世涛，把事情讲清楚，拿到那个海螺和里面的卡，然后去警局报警，就算周言阳是凶手，凌浩也绝对不是无辜的。一旦何世涛知道这些，一定会和我一起把凌浩送进监狱。我要当面问清楚，何器那天晚上到底发生了什么。在她被杀死之前，到底经历了什么？

出租车在海韵花园东门停下，我一路狂奔到何器家单元楼下，突然看到一辆熟悉的黑色轿车停在空地上，闪烁的车灯让我看清了车牌号，是凌浩的车。

我赶紧藏到绿化带里，我看见何世涛从楼上下来，两人说了几句什么，何世涛笑着拍了拍凌浩的肩膀。

凌浩打开后备厢，里面平放着两尊半人高的青铜白鹤。

21.
寄居

我发现那些所谓"强势"的东西并非牢不可破，他们的威胁只是建立在笃定我不敢违抗的假设上。

　　我两耳嗡嗡直响，难以置信地看着眼前这一幕。

　　何器尸骨未寒，为什么何世涛会和凌浩有说有笑的？那对青铜白鹤一看就价值不菲，凌浩怎么会送给何世涛？

　　周言阳到底是不是凶手？如果是，他为什么要杀何器？如果不是，他为什么要认罪？这件事的调查结果我总觉得哪里怪怪的。

　　我努力厘清纷乱的思绪。现在最棘手的，是何器藏起来的卡，那只海螺一定在她家里，在她房间某个地方。我本来以为事情很简单，只要去找何世涛讲清原委，拿到卡，再去报警，就算凌浩跟何器的死无关，他也要为之前的那件事付出代价，不会就这样全身而退。但是现在，连何世涛都不能信了。就算去找警察，也会被当成疯子抓起来，那样只会打草惊蛇。

何器，我现在该怎么办？

我失魂落魄地走在街上，想到我接下来要面对的，一阵恐慌从头浇下。我本以为我可以毫无挂碍地离开这个世界，但是此时，我被一个巨大的谜团砸中。谜团背后生出的尖刺钩住了我求死的念头，我悬在中间，忍受着巨大的疼痛。

那个暗号只有我能看懂，何器在那一刻试图向我求救，我没有看到。但现在我看到了，我不可能再次袖手旁观。

如果我连死都不怕，还有什么可畏惧的呢？最坏的结果就是赌上性命，但我起码可以知道何器那天晚上究竟经历了什么。

我看了看天上的月亮，一团暗雾包裹着它的银边。

我突然想到了一个人。

"我为什么要帮你？"

一块红绸帷帐后，升腾起一股青烟。二姑奶干瘦的影子在帷帐后面晃了一下，细长烟嘴在地上磕了磕，烟灰堆在地上，她伸脚踩平。

屋里晦暗无比，有股老木船和檀香纠缠的味道。我跪在她面前的蒲团上，面前燃着一排蜡烛，但我的身体仍止不住发抖。

"二姑奶，您知道我身上有三个疤，是我爸弄的，我听我妈说，他之后还想把我扔到海里，是您让人捎话，说我以后会大富大贵，做一番大事。不管是真是假，您都救过我一命……"

"那你为什么要换命？"二姑奶的长烟杆探出帷帐，用烛火引燃新填满的烟丝，"做这种法事，会折寿的。"

"不是法事……"我顿了顿，鼓起勇气说下去，"是让您演一出戏……"

二姑奶停止嘬烟，我不敢抬头，一股脑说下去："我想让您帮我演一出戏，让所有人都相信，我是何器，不是俞静。除了您之外，咱们这儿没有人有这种能力，我爸我妈信您，俞家台的人也信您……"

"有活人日子不过，干吗去当一个死人？"二姑奶语气平静，听上去没有生气。

"活人日子？"我低下头，近乎喃喃自语，"我现在的日子比死人还不如，我最好的朋友没了，我爸也不可能让我复读，往后有什么呢？帮家里干干活，到年纪相亲，结婚，生孩子，跟我妈一样。如果下半辈子只能烂在这里，我一天都不想过……"

屋里黑暗的角落响起敲钟声，门被推开，一个中年男人走进来看着我："二姑奶要休息了，十二点之后不接活。"

我焦急地抬头看了看二姑奶，她沉默了一会儿，然后扬扬下巴，示意男人出去。我赶紧说下去。

"二姑奶，我跟您认个错，我本来想寻死，海水都到我脖子了，但是我心里一点都不害怕，我现在不怕死。我回来是因为，我想完成何器的遗愿，她是为了我才去那个同学聚会的……凭什么她大好的前途没了，那些人还能高高兴兴地去上大学？我不能让她白死……"

"那你变成她要干什么？"

"去她家，拿到证据，然后搞清楚她爸爸和凌浩到底有什么勾当，如果这件事闹得够大，说不定还能查出别的东西，因为我怀疑凶手根本不是周言阳……"

"你一个人？"

"我一个人。如果您肯帮我，就是两个人。"

二姑奶沉默一会儿，站起身走到一侧，燃了三根香，闭着眼睛冲菩萨拜了拜。

"要是被人知道是假的，不是砸我饭碗吗？"

"不会的，"我急忙起身，"我想好了，就算出了岔子被人识破，也跟您没关系，我就说是我装的，因为我想离开这个穷地方，想体验一下有钱人的生活，从头到尾都是我一个人……"

二姑奶睁开眼睛，把香插进米碗，回头看我。

"打算什么时候开始？"

"年底，那时候他们都会回来过年。我还有很多事没做，到时候我会来找您。"

我就地跪下，给二姑奶缓缓磕了三个头。

我去村里的澡堂洗了一个澡。晚上没什么人，我找了最里面的隔间，靠着墙冲了很久。热水从头顶流下，像一张网把我贴身罩住。我闭上眼睛，想着我要告别的那些东西，胆怯、懦弱、恐惧、无聊、失控……它们从我身上一点点松动，混合着消毒水味粘在不远处的镜子上。镜子水汽氤氲，贴着残破的红字"小心地滑"，几行臃肿的水珠划开裂缝，我看到了里面的自己，她和我静静地对峙了很久。

回到家，父母已经睡了，桌上放着凉透的饭菜。我胡乱吃了一点，蜷在沙发上一觉睡到天亮，一夜无梦。

醒来的时候已是中午，父母都出去干活了，阳光照着院子，像一汪暖洋洋的池水。我重新审视着这个家，这个看上去没有我生活痕迹的家。

我活动了一下身子，开始翻找所有跟何器有关的东西。床底下有个铁盒，里面放着我和何器从小到大传过的字条，互相写的信，有一阵子流行过的交换日记，还有手机里的视频、照片、语音，她空间里的说说、日志，豆瓣上看过的电影、书和听过的音乐，我把这些全部整理到一个厚厚的绿色笔记本里。

接下来的一段日子，我成了当地一所职业学院的学生，那个学校的课程形同虚设，没有人学习，也没有人和我交朋友，我再一次成了一片透明的鱼鳞。这很好，我有足够的时间和精力去"成为"何器。我模仿她的笔迹，吃她爱吃的东西，看她看过的电影和书，听她喜欢的音乐，每天都在脑海里反复描摹回忆她的口头禅、走路姿势、说话习惯。我留长了头发，换各种发色，因为她说过，等她上了大学，绝对要把每个颜色都试一遍。

有一天我在麦当劳碰到一个同班的女生，简单交谈几句之后，她略带迟疑地说："你变化好大，感觉跟何器有点像……"我听完之后仓皇而逃，说不清是开心还是难过。

这段时间，我越发觉得，以前的自己仿佛变成了一个容器，有种东西在我体内缓慢而坚韧地生长着。当我学着用何器的口吻说话，用何器的视角看待这个世界，一切都变得有些不一样了。

有天一个社团组织聚餐，尽管非常抗拒，但我还是被拉过去了。席间主席站起身挨个给女生敬酒，坐在我身旁的学姐表情痛苦，说她痛经，很不舒服。那个主席一听，硬说冰啤酒可以以毒攻毒，逼着她喝。周围响起起哄声，学姐推辞不过去，只好拿起来。我一把夺过，让她不要喝了，主席看着我，有些挑衅地说："那你替她喝。"我说好，然后把啤酒浇到他的头上，转身就走。

身后叫喊声一片，主席气急败坏地说让我吃不了兜着走，不让我毕业。我觉得可笑至极。

如果是以前，我绝不会做这样不计后果的事，可是现在，我根本不在乎这些，所以这些威胁根本伤不了我。因为我知道，我是另一个人，我不需要延续之前的恐惧，也不需要为我以后的人生负责。

有趣的是，我的生活反而因此变得顺利了许多——那个主席非但没有让我吃不了兜着走，反而时不时找我聊天，说那天冒犯了。还有很多这样的事。包括我的父亲。母亲的肚子越来越大，父亲更加看不惯我，我已经很少回家了，每次回去都会惹他不高兴，争吵和打骂在所难免。但我一点都不生气，我发现那些所谓的"强势"并非牢不可破，他们的威胁只是建立在笃定我不敢违抗的假设上。一旦这个假设不成立，他们就会虚弱得像一根单独站立的筷子。

周言阳还在关押，我提交了几次见面申请都被拒绝，不知道是不是被拦下了。判刑那天，当地的新闻又热闹了一阵，何器的名字被隐去，化名"何某"，语气无一不是在谈论一个面目模糊的死者，而不是一个曾经活过的人。

何世涛在盐洋市一条老街上开了一家饭店，我听何器说过，这是她爸爸的梦想，在何器死后居然就这么轻易地实现了。我设法买通了给何世涛家做保洁的阿姨，让她帮我录下何家的陈设，我几乎每天都会看一遍，确保连沙发的纹路都了然于心。

冬天很快就到来了，白天还是暖洋洋的。尽管离过年还有段时间，但市集上已经开始出现新年的春联，人们总是忙不迭地告别上一年，以为接下来的一年总会好起来。

整个码头都热闹起来，父亲出海的时间越来越长。我找到二姑奶，说了我的计划。二姑奶提醒我，这件事一定会被怀疑，她会帮我打长线掩护，但最好不要拖太久。

我原本打算在码头假装摔倒，那里人多，总会被送去医院。我了解父亲，如果我一直不醒，他不会舍得让我住在医院。但是被他当众打晕完全是计划之外，我看着他怒气冲冲地掂起那条大黑鱼，朝我脸上砸来，一股恶作剧式的快感油然而生。

打我吧！像以前一样，用力一点，对准我的脸，对。

鱼头冲击着我的太阳穴，鱼尾抽打我的脸颊，我猛地栽倒在脏兮兮的地上。人群围拢上来，对他指指点点，他大叫着喊我的名字，我拼命忍住才没有冷笑出来。

接下来的一切都在计划里面，那个起风的夏夜，二姑奶支起"还魂仪式"。尽管我知道是演的，但是当我躺在冰凉的地上，眼皮感受火光的跃动，闻见火焰烧灼冥纸的焦糊气味，猛然间，我仿佛看到何器向我走来。她穿着我们以前的校服，马尾高高束在脑后，像以前一样对我伸出手，像邀请我去参加一场派对，一次旅行。我忍不住伸出手轻轻握住，一股暖流从指尖开始蔓延，汇聚到我冰冷的体内。我听见二姑奶开始呼唤我的名字，何器渐渐从我眼前消失，我忍住流泪的冲动，慢慢坐起身来，缓缓睁开眼睛。我看了眼周围，父母、邻居、破旧的院落没有丝毫变化，只是今后的路我要自己走了。

我看着二姑奶，一字一句地说："我不叫俞静，我叫何器。"

之后发生的事都顺理成章。盐洋这地儿没有秘密，我一直说我要回家，何世涛自然会上门，接着就是八卦小报不遗余力地渲染，这件事一层一层传出去，该知道的人都会知道，包括已经在外读书的迟成和凌浩。

我来到何家，虽然是第一次来，但我好像已经来过数百遍。一推门就看见那两尊青铜白鹤立在玄关，我顿了顿。

"爸，它们什么时候来的？"我假装无意地问道。

"别人送的。"何世涛笑笑。

我忍住心中的怒意，冲他笑了笑。

晚饭有惊无险地度过，我等何世涛睡下，开始翻找何器的房间。听何世涛说，自从何器死后，他没有动过房间里的陈设，所以应该还在原地。但是我找遍了书架、床底、抽屉，甚至衣柜里的每一个衣兜，还是没有。

我颓丧地躺在床上，何器的被子和枕头散发着她特有的洗衣粉的气味。我把脸埋进枕头，在脑海中拼命思索。不知为何，我的耳边好像传来一阵海浪的声音，鬼使神差地，我把手探进枕头里摸索，果然，我摸到了一个硬硬的东西。

是海螺，上面系着红色的丝带。

我欣喜地把海螺拿到耳边晃了晃，没有声音。

我赶紧拧开台灯，调到最亮，但是海螺壳透不出一点光亮。

我有些慌了，看到旁边有一座大理石的奖杯，是何器唱歌比赛的奖杯。我犹豫了一下，把海螺放到桌子上，垫上厚厚的书本，举起大理石奖杯重重地砸了下去。

海螺变成一堆碎壳，但是里面空无一物。

22.
香灰

何器，你现在回来了，不管你是不是真的，我求求你救我！

急促的下楼声由远及近，我赶紧把桌上的碎片粉末抹进垃圾桶。

"何器你没事吧？"何世涛拍了拍门。

我忘了，何器的门无法反锁，只能从外面开。何世涛扭动把手的瞬间，我看到桌子上还有粉末没有清理干净。

"别进来！我没穿衣服！"我迅速闪进门后，何世涛骤然停手，"没事，我把书碰掉了。"

那道门缝僵在那里，过了一会儿，何世涛把门轻轻关上："没事就好，快睡吧，有事叫爸爸。"

"好。"我听见何世涛慢慢上楼，咔嗒一声关上门，我紧绷的身子才慢慢松弛下来。我突然想到，刚刚晚饭的时候，何世涛测试我的最后一个问题——"在家里不可以做哪件事？"

对了，厨房，何世涛从来不会让何器进厨房。这件事是何器偶然跟我提到的，她说她不喜欢回家，因为一点归属感都没有，连厨房都不能进，尤其不能碰最下面那个柜子。至于原因，何器没说，我自然无从得知。

尽管我和何器无话不说，但是她很少和我谈起何世涛，这也是我最害怕露馅的一个部分，我只能通过何器以前的只言片语和反应去推断一些事情，却由此带来了更大的困惑，比如何器明明更喜欢她妈妈，为什么会被判给何世涛？比如，何世涛明明就是我梦想中的那种父亲——穿白衣服，好闻的气味，说话轻声细语，会做饭，还会在自己的视频账号里表达对女儿的爱——为什么何器对他总是有一种刻意的疏离？再比如，何世涛为什么不让她去厨房？

我看了看闹钟，深夜一点半，客厅一片寂静，只有钟表走动的咔嗒声。保洁阿姨特意和我说过，何家最诡异的一点，就是每条走廊都安了声控感应灯，一丁点声音都会让屋里灯火通明。

我轻轻打开一道门缝，抬头看了眼二楼，一片漆黑。我赤脚踩在冰凉的地上，蹑手蹑脚地靠近厨房。水箱里幽蓝的灯光让通体白色的开放式厨房显得有些诡谲，氧气管制造的细小水泡缠绕着硕大肥美的鱼虾，它们在这方虚幻的"海里"安然地游弋。

我慢慢蹲在地上，一点一点向左下角那个白色橱柜靠近，橱柜是按压弹开式的，我的指尖碰到光滑的壁门，刚要用力，突然看到缝隙下方有一坨黑黑的东西。

我慢慢靠近，是香灰的气味。

看来何世涛比我料想的还要谨慎，也说明这里面的确藏着巨大的秘密。我决定不打草惊蛇，先回房间，找一个他不在家的时候再行动。

我刚要起身，突然，整个屋子灯光大亮，二楼传来沉重的脚步声。我迅速闪到一侧水箱的后面，俯身趴下，屏住呼吸，双眼藏在一只巨大的龙虾后面，死死盯着何世涛的一举一动。这里是二楼的盲点，只要他不下来，就发现不了我。

幸好，何世涛只是向下张望了一下，就转身进了洗手间。我借机迅速回屋，翻身上床。我听见何世涛回了房间，过了一会儿，门缝透出的光，熄灭了。

因为有何世涛的帮忙，去监狱见周言阳的申请顺利通过。我让何世涛留在车里，是因为我想用俞静的身份问周言阳一些问题。但是在过安检的时候，我发现了何世涛藏在我帽子里的窃听器。于是我将计就计，故意让何世涛听见我以何器的口吻和跟周言阳对话。

除了红色密码本之外，周言阳还告诉我另一件事。那天晚上，他看到何器单独找了胡谦，然后怒气冲冲地跟着凌浩走出了饭店。

再之后发生什么，他就不知道了。

"那你为什么要认罪？"我气得脱口而出。

周言阳苦笑着垂下头："我在这里，可我妈还在外面……凶手也在外面，要是我妈出了什么事，我死也不会原谅自己。"

周言阳慢慢红了眼眶："我想上诉，但律师说，所有的证据和证言都指向我，除非有新的证据出现，不然上诉也没用。何器，你现在回来了，不管你是不是真的，我求求你救我！"

去老田家拿到密码本之后，我故意让何世涛带我去他新开的饭店。在盐洋这种地方，办任何一点鸡毛蒜皮的事都要托人找关系，"只要有关系就没有办不成的事"是这里默认的生存法则。所以，开一个饭店绝不是有钱就可以做到的，更何况是在这条人流量最大的老商业街。我偷偷调查过，何世涛只是一个普通的拆迁户，背后并没有什么权力网络。

那这家店是怎么开起来的？我决定当面问他，一是为了先下手为强，打乱何世涛的阵脚，二来，这样做也符合何器的性格。

何世涛果然慌了，借口给我做饭走进后厨。我把帽子里的窃听器拆下来放到桌子上，慢慢思考一会儿要怎么戳穿他的狡辩。

这时，最后一桌客人结账走掉，两个男人走进店里，绕到我身后抬头看菜单。我突然看到马路对面停着一辆熟悉的黑色轿车，没等我反应过来，身后两个男人用一块手帕迅速捂住我的嘴巴，我双脚一软，不省人事。

甲板上，凌浩听我断断续续地讲完这些，满意地挑了挑眉毛，示意手下把我扶到屋里。

舱门关上，阻断海风，我倒在沙发上，身体迅速回暖，同时在脑海里快速梳理着现在的处境。

我料想到以何器的身份复活会惊动凌浩，但我没想到他的胆子会这么大，敢当众绑架我。而且我已经被他识破了，如果他是真凶，我现在凶多吉少。但好在，卡还没有找到，凌浩应该不会轻举妄动。

"知道你为什么找不到那张卡吗？"凌浩把茶几上乱七八糟的酒瓶子拂到地上，一屁股坐在我对面。

我一言不发地看着他。

"因为在何世涛手里。"

"什么？"

凌浩耸耸肩："我可以先告诉你，我没有杀何器，那天晚上她来船上，我们玩得很开心，视频你也看见了……"

"你放屁！"

凌浩没有说话，从兜里掏出手机，给我点开一段视频。

画面里，三个人站在黑漆漆的甲板上，何器一脸严肃地看着镜头："我的要求很简单，只要你和迟成跟那些你们伤害过的女生挨个道歉，发自内心地道歉，尤其是俞静，我就把那张录音卡还给你们，不会留底，不会曝光，这辈子老死不相往来。"

镜头扭到凌浩的脸上。"好，我答应何器的条件，用我的前途发誓。该你了！"镜头扭到另一边，迟成满脸通红，巨大的海风把他的话也刮得断断续续："我……我也答应。"

何器转过身，跳到一旁的礁石上："那就一周之后，码头见。"

画面定格在何器的背影上。

"你看，她走的时候是活着的。"凌浩收起手机。

"这能证明什么？她又不是在这里死的，你肯定追出去了……"

"是有人追出去了，但不是我……"凌浩站起身，走到角落，"是迟成。"

凌浩扭开音响的开关，霓虹斑点瞬间填满整个房间，凌浩漫无目的地挑着屏幕上的歌曲。"何器走了没几分钟，迟成后脚也走了，说喝多了要出去吐，结果一直没回来。我也没多想，就出了趟海……"

"鬼他妈才信……"

"航海记录又不能作假，我这船里也有监控，我开到公海的时候何器还在周言阳家的船上呢……不然你以为警察怎么放过我的？"

我难以置信地盯着地上变换的光斑，《たちまち嵐》的前奏响起，凌浩跟着哼了两句："耳熟吧？何器最后唱的……"

"关上！"我尖叫着捂住耳朵，"如果不是你杀的，那你为什么绑架我？如果是迟成杀的，那你为什么不跟警察说？"

凌浩调小了声音，一屁股坐在我旁边。"何器死了，我心里其实挺难过的，但是凶手已经抓到了，是迟成还是周言阳有什么区别呢？何器反正都死了……"凌浩看了我一眼，"你先别生气，听我说完。何器一死，按理说那张卡就无所谓了，但坏就坏在，她爹不是个好东西。"

"什么意思？"我抬眼看着凌浩，他转过脸来，脸上闪过一丝恐惧，但稍纵即逝，"他用那张卡威胁我，古董、钱、店面，我都给他了，还不满足！我不知道他拷贝了多少份！我不知道他之后还想要什么！我他妈都快疯了！"

凌浩紧紧攥着话筒，刺耳的电流声让他冷静了下来，他深呼吸了一下，看着我，一字一句地说："所以，我们做个交易吧。"

23.
壁橱

撒谎这种事，有人能比过你吗？

"你是说，我帮你解决何世涛，你就去警局指证迟成？"

"不是解决何世涛，是解决那段录音。"凌浩关了音乐，船舱重新陷入寂静，只剩下海水轻轻拍打铁皮船身的声音。

"你自己怎么不去？"我觉得这是个陷阱。

"第一，我不知道他拷贝了多少份，我就算去偷去抢，也没把握能彻底解决这件事。第二，这个老狐狸太警惕了，我试了很多办法去他家，没用，连电梯都进不去。"凌浩脸上露出少见的无奈，"所以我很佩服你，借尸还魂这招我怎么没想到呢，我今天跟了你们一天，不知道的还真以为你们是父女……"

"我凭什么信你会指证迟成？你们两人干过那么多脏事，你就不怕他反咬你？"

"你还没明白吗？"他用两只透明玻璃杯各扣住一个骰子，"只要没有那段录音，我就可以把所有的事都推到他头上了！"他两手轻轻一晃，两个骰子都出现在一个杯子里，"我们现在是一条船上的，知道吗？我需要迟成进局子，你想替何器报仇，对吧？你难道不想让真凶坐牢吗？"

"万一迟成不是凶手呢？"

"他追出去是千真万确的，我监控也拍了，到时候可以一起交给警察。"他抬头看了眼墙角的鲨鱼，我这才发现鲨鱼的喉咙深处一直有一个发光的红点。"还有，发生这件事之后我们俩再也没有联系过，结果你知道他什么时候找我的吗？就是你上新闻那天，他问我：'何器好像活了，怎么办？'你听这句话，能没有鬼吗？"

我要了一杯热水，小口小口地喝着，同时脑子开始快速梳理现在的局势。我和凌浩的目的都是那张卡，只是我想留着，他想毁掉。但现在出现了一个更大的问题，如果迟成是凶手，唯一能做证的就是凌浩——等等，那张卡就算交给他，我也可以留一个备份，当务之急是让警察重启调查，找到杀害何器的真凶，对付凌浩可以慢慢来。

"好，我答应你。"我放下杯子，示意凌浩再给我倒一杯，"但是你把我绑架了，我回去怎么跟何世涛交代？他肯定觉得你把所有的事都告诉我了。"

凌浩拿起保温壶，热水冲击玻璃杯壁，蒸腾起细小的水雾。

"撒谎这种事，有人能比过你吗？"

何世涛满头大汗地挨个病床找我，大喊何器的名字，我支起身，拉开床帘。

"爸，我在这儿……"

何世涛冲我奔过来，一脸焦急："你去哪儿了？也不回消息，你知不知道我……"

"何器家属！出来一下！"一个身材高大的护士站在门口叫他，何世涛示意我别动，走出病房，站在能看见我的地方，认真听着。

护士长叫胡琪，是老田的老婆，老田偶尔会在数学课上吐槽他老婆强势，现在我反倒要感谢她，也要感谢盐洋这种人情关系社会。我来到医院的时候身无分文，打听到胡琪，然后说我是老田的学生，让她联系何世涛来接我。胡琪很热心，给我安排了病床，换了衣服，关切地问我为什么浑身都湿透了，我故意露出刚划伤的手臂，泪眼婆娑地跟她说："我……我还是不敢死……我想活下去……"

"什么都别问……也别刺激她……没有生命危险……注意营养和休息……"我隐约听见胡琪反复叮嘱何世涛。

何世涛面露担忧，时不时看向我，好像生怕我又跑了。胡琪说完，何世涛连连道谢，走到我身边，看了眼我手臂上的划痕，紧紧抿着嘴巴，一副要哭的样子。

"何器，爸爸不想失去你第二次……"

我承认他的演技跟我不相上下。我垂下头："爸，我想回家。"

"好，我去交钱，你在这儿等我，别走啊！"何世涛快步走出病房。

我舔了舔干裂的嘴唇，慢慢穿好衣服，穿鞋的时候发现右脚鞋里有东西。我疑惑地掏出来，是一张攥起来的字条，上面潦草地写着：你为什么要扮演何器？

我猛地抬头在病房里搜寻，无论是患者还是家属都是一张张陌生的面孔，大家忙碌穿梭，没有人注意到我。我赶紧抓住最近病床上的一个大娘，抖着那张字条说："您看没看见谁放的？"

大娘摇摇头。

我赤脚跑出病房，走廊站满了神色焦灼的家属，每个人都行色匆匆，没有一张熟悉的脸。突然一个人大力抓住我的手臂，我吃痛甩开。

是何世涛，他满头大汗地看着我："不是不让你乱跑吗？"

回去的路上我一直在脑海里检索谁会放这张字条，不可能是凌浩，那就有可能是迟成。但是迟成在国外还没回来……一定是认识的人，并且一直在观察我，说不定就是趁我睡着的时候放的……但这个人是怎么发现的？他想干什么？如果想害我就不会留字条了……为什么要用这种方式?

我思考得太过投入，连什么时候到的家都不记得。我神情恍惚地进了门，何世涛给我煮了点粥，我肚子很饿，却没有胃口，吃了两口就放下了。他欲言又止了几次，都被我挡了回去，说我需要休息。

我躺在何器的床上，看到床边放着一张她小时候在海边的照片，她穿着一条蓝色的连体裙，提着一个小红桶，在阳光下眯着眼睛，笑得无忧无虑。是啊，她不是为了被杀害才来到这个世界上的。

我把照片轻轻扣在桌上。钟表声在漆黑的屋里撞着墙壁，窗帘外的天黑漆漆的，没有一丝光亮，现在是夜最黑的时候。我突然觉得前所未有地疲倦，目光逐渐失焦，一阵巨大的引力把我卷入了一场无边的睡眠。

眼前一片耀眼的红光，脸颊发烫，我猛地睁开眼睛，立刻被阳光刺得眯起来，四肢和喉咙都很痛，桌上的水杯见底了。我突然看到何器的相片又被立起来了。

我立刻警惕地翻身下床，门有被打开的痕迹。我趴在门上仔细听着，门外一片寂静，我轻轻打开门走进客厅，叫了何世涛几声，没有人回应。我拉开冰箱拿了一瓶可乐，关上的时候发现何世涛给我留的字条——我去店里了，一点回，饭在锅里，热一下就行。

我掀开蒸锅，是一大碗海鲜烩饭，我的肚子咕噜叫了一声。但是何世涛的电子灶台我从来没有见过，找了半天没看到开关，索性端起凉饭，边吃边打量屋子。

我在找监控。

以何世涛的警惕程度，他不会这么放心留我一个人在家。刚刚在屋里我专门换了一身衣服，避免身上有窃听器。

客厅很大，但很整洁，窗台上有几株不需要经常打理的绿植，走近了才发现都是假花假树，花盆下面塞满拧在一起的烟嘴。除了这个，其他地方都很干净，中间摆着一张巨大的餐桌，仿佛吃饭才是这个家最重要的事。但我留意到，除了何器的房间之外，这个家没有一丝一毫何器存在过的气息，更不用提之前在这里生活过的女主人了。

我找遍了各个角落，包括二楼何世涛的房间，没有发现摄像头。我看了眼表，十二点半，时间不多了。

我快步走到厨房，壁橱下面还堆放着香灰，我小心翼翼地把香灰收集到一张纸上，深呼吸了一下，按开壁橱。

橱门弹开，里面是一个 A4 纸大小的黑色铁盒。

我慢慢拿出来，很沉，有轻微金属碰撞的声音。我打开盖子，赫然出现了一排密码锁。我气得攥紧拳头，抬头看了眼挂钟，还有十分钟。

我强迫自己冷静下来，仔细观察着密码锁，发现它的构造跟迟成那个密码本很像，都是左边有个按键，右边是数字齿轮，只是这个密码有六位。

我先试了几个数字，何器的生日、门牌号、手机号，都不是。时间越来越少，我只好用之前的方法开始碰运气，左手用力按着开关，右手迅速拨动齿轮，心里默默祈祷一定要让我打开。

吧嗒。我终于听到了悦耳的开锁声。

我抑制住喜悦，赶紧打开盒子，却一下子愣在原地。

里面整整齐齐放着数百张一模一样的存储卡。

我移动汗津津的手指，随便抽出几张，上面贴着不同的标签："2007 何器幼儿园小班""2009 何器幼儿园大班""2013 四年级""2015 六年级"……

年份录音到 2015 年就戛然而止了，再往后都是一些关键词，我越翻越觉得不对劲，"何器唱歌""何器吃饭合辑""何器梦话合辑"……

我的耳膜咚咚直跳，触电般地把盒子盖上，用最后的理智恢复密码锁，把它扔回了壁橱。

突然，我看到壁橱深处有什么东西晃了一下，我缓缓移开铁盒。

那是一部正在录像的手机。

24.
倒刺（上）

只差一点点，就能过上那种被人尊重的生活。

何世涛永远不会原谅自己犹豫那么久之后，还是选了母亲右手那根竹签。

1995 年，何世涛和双胞胎弟弟何世云一起参加高考，两个人都落榜了，何世云差 57 分，何世涛差 1.5 分，两个人都不想上专科，都想再来一年。

凌晨四点，盐洋农贸市场大部分店面都没开门，三个人已经在"云涛鲜面店"开始忙活了。和面、压面饼、出面条、装袋、冷冻，三个人配合默契，除了压面机的轰隆声，谁都没有说话。

兄弟俩的爸爸五年前出意外死了，母亲张秀梅用一袋袋面条拉扯大了两个兄弟。开鲜面店是个辛苦活，每天都要从凌晨干到天黑，张秀梅不舍得雇人，什么都亲力亲为，兄弟俩放了学也会先帮店里干活再去学习。但张秀梅的年纪越来越大，有严重的高血压和腰肌劳损，贴多少膏药都不管用。再加上市场里又开了几家鲜面店，人家用的电动面条机据说是德国产的，压出来的面条又快又好看，还有五颜六色的蔬菜面和形态各异的猫耳朵面，张秀梅见都没见过。现在鲜面店的收入只能勉强维持生计，根本供不起两个人，更何况，也需要有人在家里帮忙。

张秀梅停下轰隆作响的压面机，从一旁的竹签桶里抽出两根，啪地折断一根，放在背后。

"你们俩过来一下。"

何世涛和何世云知道母亲要干什么，两人对视一眼，默默走到母亲跟前。

"咱们家的情况你们也知道……"张秀梅把两只手伸出来，手心向下，露出两截长度一样的竹签，尖头对着兄弟俩，"长的去复读，短的在家帮忙。"

谁都没有动，张秀梅看了眼何世涛。

"世涛，你不是一直说我偏心弟弟吗？这次你先选。"

何世涛攥了攥汗津津的手，想说"我才差 1.5 分，按理说就应该我去复读"，但是他看着母亲布满血丝的眼睛，还是把这句话咽下去了。他反复犹疑了几次，缓缓抽出了右手那根，不祥的预感瞬间涌上心头，但是已经来不及了。

短的。

何世云没忍住欢呼一声,被张秀梅瞪了回去。何世涛呆呆地看着竹签被折断后的细小尖刺,那些尖刺在他心里一扎就是几十年。

何世云很争气,复读后成绩一路突飞猛进,几次模拟考都过了重本线,考上大学板上钉钉。何世涛则越来越沉默,除了干活,平时一句话都不说,整天把自己闷在店面后的加工处理间,他不喜欢去店铺卖面条,怕碰到以前的同学,也和所有人断了联系。他每天的日子就是深夜三点起床,倒面粉,和面,等面粉发酵,看机器循环往复地压面饼,看机器压出拉面、刀削面、水饺皮、云吞皮,再运到前面给母亲卖。何世涛时常盯着面条机发呆,有时候看久了会觉得有点可笑,面条都有十几种变化,但他的人生好像已经凝固了。

有天张秀梅出门进货,何世涛不得不去看店,刚把几袋面条摆上架子,一个男人叫他:"何世涛?"

他抬头,看到自己以前的班主任老黄一脸惊讶地盯着他。何世涛想躲已经来不及了,只能讪讪地点头。

这是何世涛最不想见的人,因为上学的时候,老黄曾经对他寄予厚望,经常夸他能干一番大事,但是高考落榜后,何世涛觉得自己根本没有脸再见老黄,一直躲着老黄。

"两斤粗面，一袋饺子皮。"老黄看着何世涛。

何世涛避开老黄的目光，脸颊发烫，把粗面和饺子皮装好放到秤上："四块三加一块八，六块一，您给六块……哦，不，您不用给了。"

老黄摸出零钱，认认真真数了六块一，放到秤上，拿起袋子走了两步，又折回来："何世涛，你不应该在这种地方。"

何世涛鼻子一酸，低头钻进店铺后面，眼泪才吧嗒吧嗒掉下来。

从那天后，何世涛说什么也不去店里了，躺在家里不吃不喝。他想去当地一所技能培训学校学西餐，他查好了，从那里毕业可以拿到国家认证的学历和技师证书，表现得好还能去瑞士交换，甚至毕业可以直接分配到北京的高级餐厅当主厨，工资和就业前景不会比弟弟差，更重要的是，西餐主厨是一个听起来还算体面的工作。

张秀梅熬不住他的绝食，终于同意。何世涛高高兴兴地去了这个西餐学校，跟着自称从法国博古斯毕业的老师从餐具礼仪开始学起，但是有一次何世涛用刚学来的法语和老师对话，却发现他根本听不懂。不过这也没有阻止何世涛学习的热情，他起早贪黑，品尝和学习各种听都没听过的调料和食材，看各种料理视频，成了班里最认真的学生。但是直到毕业，说好的瑞典交换机会都没有来，何世涛拿着几张专业证书和第一名的成绩单询问工作分配的事，被告知北京的西餐厅因为经营不善倒闭了，所以没有办法分配。

刚好弟弟何世云考上了北京的大学，何世涛去北京送他的时候，顺便找了这家西餐厅，结果发现这家店和那个学校压根没有关系，证书和毕业证都用不上，何世涛这才意识到自己有多天真。

他回到盐洋开始找工作，但是那个时候，盐洋根本没有几家西餐厅，有的打着西餐厅的名号，卖的还是蛋炒饭。何世涛找了一家意式餐馆开始帮厨，同事们都是些遛街的小混子，做出来的牛排意面总是乱糟糟地堆在盘子里，一点都不讲究。何世涛看不上他们，执着地摆盘、切花，撒胡椒粉会精确到次数，他以为会换来老板的赏识，却没想到因为总是出餐太慢，没转正就被辞退了。

从那时起，他就有了一个执念，一定要开一家自己的店。

2000 年，何世云大学毕业留在了北京，何世涛想说服母亲卖掉鲜面店，但是张秀梅说什么都不肯，他就背着张秀梅偷偷把店卖了。张秀梅发现后，气到昏厥，送去医院被查出肺癌，肺上的阴影已经很大了，张秀梅一直瞒着兄弟俩。

张秀梅住院那段时间，何世涛身心俱疲，卖店的钱被几次大手术刮得干干净净。夜深人静的时候，何世涛常常盯着母亲的点滴发呆，他觉得，自己的人生似乎永远都差那么一点点。

只差一点点，就可以考上大学了，只差一点点，就能开店了，只差一点点，就能过上那种被人尊重的生活了。他时常想起老黄跟他说的那句话："你不应该在这种地方。"前几年，他是靠这句话活下来的，而现在，这句话让他想死。

所有积蓄花光的那天，张秀梅还是走了。

何世涛把母亲的遗体抱起来放到铁床上，发现她比一袋面粉还轻。那张白布盖在她身上，平平的，好像什么都没有。

何世涛从太平间出来，站在门口点了根烟，一个护士叫住了他。

"何世涛？你怎么在这儿？"

何世涛回头，发现是朱丽萍，他的高中同桌，给自己买了三年的饮料，记了三年的作业，每个周末都会去鲜面店买点东西，就是为了看自己一眼，和自己聊会儿天。但是何世涛一直不喜欢她，没有别的原因，就是嫌她又土又丑。她身材矮墩墩的，干黄的头发好像永远都洗不干净，一张圆脸配着小小的五官，何世涛从不掩饰自己的嫌弃，天天叫她"猪八戒"。

"猪……"何世涛收住口，想到朱丽萍在这个医院工作，应该混得不错，他露出一个勉强的笑容："朱丽萍，好久不见。"

"好久不见，"朱丽萍看了看刚刚关上的太平间，"谁啊？"

"我妈。"何世涛把烟丢到地上，踩灭。

"啊⋯⋯节哀。"朱丽萍难过地低下头。

不知为何，何世涛看着朱丽萍脸上的表情，突然有点想笑。他心里闪过一丝好奇，这么多年过去，朱丽萍是不是还像以前那样喜欢自己。

"晚上有空吗？我想和你聊聊天，这么多年没见了⋯⋯"

"当然有！"朱丽萍瞬间睁大了小小的眼睛，"我六点下班，东门见！"

听自己添油加醋地讲完这些年的事，朱丽萍一直在流眼泪，哭湿了一盒纸。这让何世涛很诧异，因为他发现朱丽萍的脸上不是鄙夷和怜悯，而是崇拜和心疼，他已经很多年没有见过这种表情了。更何况，和朱丽萍在一起，时常会给他一种自己很厉害的错觉。她会认真品尝自己做的每一道菜，变着法地夸自己，还总是不厌其烦地听他讲当时抽错竹签的故事。

"你弟弟抢了你的命！要是你去上大学，现在肯定是盐洋的名人了，别说开店，开公司都没有问题！哪儿像他，给人打工，有什么出息？"朱丽萍言之凿凿，句句都说进了何世涛的心坎里。

没过几年，两人结婚了。何世涛跟着朱丽萍搬进大泉港，朱丽萍还在市医院当护士，何世涛在附近一个农家乐当厨师。

一年后，女儿出生了，清秀的眉目像极了自己。

"女儿像爸爸有福气。"朱丽萍也很开心，问他孩子叫什么，何世涛想了想："叫何器，如何的何，成大器的器。"

不出两年，大泉港开始拆迁。何世涛觉得，自己的人生终于要改头换面了。

朱家的宅子很大，换了两套房子和一大笔钱，全家搬进海韵花园，是当时最流行的复式小楼，何世涛也终于拥有了专门定制的高级厨房，这一次，没有"差一点点"，而是"刚刚好"。

何器上幼儿园的时候，老师发现她有点咬字不清，何世涛带她去医院，查出是"舌系带过短"，需要有人带她一点一点矫正说话，再加上何器从小身子就弱，何世涛顺势提出，可以辞职在家照顾何器。那段时间，朱丽萍也从医院辞了职，跟着一个亲戚开始做外贸生意，忙得不可开交，巴不得何世涛可以"主内"。

何世涛原本以为，那会是他们幸福生活的开始，没想到却是结束。

因为房子是朱丽萍的，又是她在赚钱，所以她掌握着这个家的财政大权。大的花销自然不必说，就连何世涛买菜的钱都要一个月清算一次。有次何世涛花了六百块钱买了一只龙虾，被朱丽萍数落了好几天。

与此同时，朱丽萍的外贸生意越做越大，人也越来越忙，回到家只会对何器展露笑颜。何世涛不知道她在外面忙什么，也听不懂她打电话时说的日语，甚至连家里有多少存款都不知道。

总之，朱丽萍变了。

除了对自己的态度，还有很多东西。眼神、语气都不一样了，有次何世涛把"竹签的故事"当成笑话讲给小何器听，朱丽萍刚打完一个电话，心情很不好，直接一拍桌子："说说说！还要说几遍？烦不烦？抽到那根短的就是你的命！你看你弟弟都在北京买房了，你呢？"

何世涛嘴角抽动了几下，他想发怒，但是不知道该反驳什么。

那根刺又回来了。

某天晚上何世涛起夜，用冷水搓了把脸，然后静静审视着镜子里的自己。明明才三十岁，脸上的表情却像一个暮年的老头，他甚至看到自己的嘴唇上已经长出了几根白色的胡子。他拉开柜子，发现里面满满当当地摆着各种他叫不上名字的化妆品和护肤品，属于自己的东西只有一个电动牙刷和一个刮胡刀。

何世涛这才注意到，朱丽萍开始打扮自己了。她的皮肤越来越好，头发也变得柔顺乌黑，虽然身材还是矮墩墩的，但是装在那些价格不菲的时装里，竟然形成了一种自己的风格。

钱真的是好东西，在外可以当皮，在内可以当脊梁。那个唯唯诺诺跟在自己身后的猪八戒变成了一个雷厉风行的女强人，而自己到了而立之年，只有一个厨房和一个女儿，还都是朱丽萍给的。

何世涛久违地想起了自己开店的梦想。

他试着跟朱丽萍提过几次，卖掉一套海边的拆迁房，给自己开个店，反正何器开始上学了，自己在家也是闲着，还可以赚钱补贴家用。不出所料，朱丽萍每次都搪塞过去，有次说急了，直接告诉他连门都没有，就算离婚也不会给他一分钱，而且何器也不会判给他。

这反倒提醒了何世涛，一旦离婚，自己可能一无所有。

于是，一个计划在他心里悄悄萌芽。

25.
倒刺（下）

这个世界上也就那些什么都不知道的网友觉得你是个好爸爸……

何世涛想得很明白，只需要做到两件事，就可以在这场不对等的战役里反败为胜。

第一，找到朱丽萍出轨的证据；第二，成为何器的"好爸爸"。

第一个没什么悬念，他早就注意到朱丽萍时常跟一个日本人打电话，一开始以为是客户，后来发现朱丽萍每次接到这个电话都会去阳台，一聊就是一个多小时。何世涛听不懂日语，就在阳台悄悄放了一个录音笔，每天都会把录音文件拷贝下来，让一个懂日语的朋友逐句翻译。

何世涛很早就发现录音笔是个好东西。前几年，怕何器因为口齿的问题在学校受欺负，他从网上学到一招，买了一枚微型录音笔塞在何器的衣服里。后来她的老师发现了，把他叫到学校训了一顿。但何世涛并不觉得自己做错了，为了避免麻烦，他变得更加谨慎，时不时换个地方，有时候塞在何器的小背包里，有时候放在她的棉帽里。何世涛也不知道自己想听什么，何器整天只和俞静玩，小孩子咿咿呀呀没有什么秘密。但偷听带来的快感就像毒品，你一旦碰过，就很难戒掉。他深深迷恋上了录音笔带给他的掌控感，那种"你不在场，但你知道一切"的掌控感。

就像现在这样。

何世涛看着阳台上的朱丽萍，她脸上浮现的笑意何世涛很熟悉，高中的时候，朱丽萍每天都这样对自己笑。那时候他只觉得厌烦，现在还觉得反胃。

果然，没过几个月，何世涛就等到了自己想听的内容。但他没有立刻提出离婚，因为他还有另外一件事没有做完，就是打造自己"好爸爸"的人设。

2011 年，何器升入三年级，那一年，新浪微博开始风靡全国，何世涛注册了一个账号，叫"何爸爸盒饭"，几年后抖音风靡，他又换成了视频。总之，他给自己开辟了一块"种植基地"，"栽种"给何器做的每一顿饭，收获那些夸赞自己手艺和父爱的网友留言。

一切准备就绪，何世涛信心满满地提出了离婚。按理说朱丽萍婚内出轨，理应占下风，但是没想到她花了大价钱请了最好的离婚律师来打官司。官司持续了一年多，为了不影响何器，两人还是别别扭扭地生活在一起，直到何器小学毕业那年，离婚的事才尘埃落定。

何世涛只分到了海韵花园的房子，但因为"好爸爸"的身份，何世涛顺理成章地拿到了何器的抚养权，朱丽萍每个月要给何器一大笔抚养费，何世涛死咬着又加了一条，只要何器考上大学，朱丽萍就要给她一套房子。那套房子自然会落到自己手里。

于是从那时候起，何世涛的事业，就是何器。

为了培养何器，何世涛花一大笔钱让何器进了一所私立初中金淼路中学，何器本来想申请住校，但被何世涛拒绝了。临开学时，何器要求何世涛不要在她身上放录音笔了，理由是她已经长大，要有自己的隐私。

失控的恐慌向何世涛轰然袭来。这些年来，他早已习惯知晓何器的一切，她如何起床、吃饭、上学、玩耍，每一个阴晴雨雪的日子都被他妥当安放到一个个小方片里，他当然不会每一张都听，但他需要。这些卡越来越多，与盒子一同充盈起来的，是他作为父亲的满足感，这世上还有哪一个父亲能做到这样？在他眼里，何器明明还是一个口齿不清、永远离不开他照顾的小娃娃，是在他一张张储存卡的庇佑下，才成长为一个亭亭玉立的大姑娘的。更何况，何器是知道录音笔的，这是他们父女俩之间心照不宣的秘密，何器一直乖乖遵守着，怎么突然间就有隐私了呢？

他想直接拒绝，但他了解何器，这孩子脾气也随自己，既然提出来了，说明已经做出了决定。他想了想，先假装同意了，然后趁何器不在家的时候，在她的床底安装了一枚有录音功能的窃听器。除非把床掀过来，否则很难被发现。

何世涛这么谨慎也是为了防止何器和朱丽萍联系。

何器从小就更喜欢朱丽萍，这一点让何世涛一直耿耿于怀。朱丽萍明明很少管她，也不常在家，为什么每次朱丽萍回家何器才会露出那么开心的笑容？可能女儿天生跟妈妈更亲吧，何世涛这样安慰自己，但是法院宣布何器判给自己的那一刻，看到她眼里掩饰不住的失落还是让何世涛硌硬了很久。不过也好，他可以利用这一点，于是他把"何器考上大学就能得一套房子"这件事换了一个说法，何器听到的版本是——"只要你能考上大学，你妈妈就让你去日本找她，还能在那里生活一段时间。"

"真的吗？"何世涛到现在都忘不了那一刻何器眼里闪过的光。

"当然是真的，但是在考上之前，她不让你联系她。"

"为什么？"

"她说这样约定才有意义，"何世涛想了想，又补了一句，"她想等你的好消息。"

为了让这个谎言看上去像是真的，之后何器每个生日，何世涛都会以朱丽萍的名义送她一份礼物，高一是一部手机，高二是一件首饰，高三这年就是那条定制的墨绿色长裙。

坏就坏在这条裙子上。

2020 年 7 月 15 日那天晚上，何器准备去参加毕业聚会，她穿上了这条一直不舍得穿的裙子，在镜子前打量时，突然从裙子的褶皱里掉出一张礼服代金券，何器捡起来一看，上面是中文。

何世涛明明说是从日本寄来的。何器觉得有些疑惑，打了上面的客服电话，对方确认了几遍单号之后笃定地告诉她，这是"何先生"定的，留的电话号码也是何世涛的。

何器心里一紧，一股不祥的预感涌上心头。她迟疑地拨通了那个早就熟稔于心的电话——她原本想拿到录取通知书后再打的。

"もしもし？（喂？）"朱丽萍语气轻快，背景有些嘈杂，能听出屋里有不少人。

"妈，是我。"何器的声音有些颤抖。

朱丽萍沉默了一会儿，嘈杂声逐渐退却，她走到了一个安静的地方："什么事？"

语气冷冰冰的，何器以为妈妈刚才没听到，又重复了一遍："是我，何器。"

"我知道，"朱丽萍跺了跺脚，"找我什么事？"

"我……我今年考得不错，有可能上北大！"何器努力让自己的声音高昂起来。

"哦，"朱丽萍听上去没什么反应，"何世涛让你打的？"

"不是……"何器缓缓坐到椅子上，犹豫着该怎么问那个去日本的承诺，这时耳机里传来一个小女孩奶声奶气叫妈妈的声音，还有一个男人跟她说了几句什么，朱丽萍的声音离开听筒，用温柔的嗓音低声回应。她以为何器听不懂日语，实际上何器为了能够去日本找她，一直在抽空自学。

何器听到男人问："谁啊？打完快进来，大家等你说庆功感言呢！"

朱丽萍说："一个客户，马上好。"

朱丽萍重新把手机放回耳边："你跟何世涛说，离婚协议写得清清楚楚，以后互不打扰，你考上大学分的那套房子让律师处理就行，我……"

朱丽萍的手机传来嘟嘟嘟的声音，她拿下来看了看，何器已经挂断了电话。

"那天晚上何器跟我大吵一架就跑了……"何世涛背对着我站在厨房，看着锅里的黄油慢慢化掉，"早知道那是最后一面，我就让她吃个饭再走。"

他旁边放着两块腌渍好的牛排，那个装着所有录音卡的铁盒就放在边上，里面有我想要的那张。但我被何世涛用绳子绑住手脚，靠在水箱边上动弹不得，只能眼睁睁地看着他慢条斯理地处理牛排。

"教你一招，牛排先这样拍一层面粉，再裹一层蛋液，然后沾上面包粉揿实，这样外酥脆，里鲜嫩，何器最喜欢这样吃。"

牛排嗞啦一声入锅，何世涛满意地点点头。

"别自我感动了行吗？何器最讨厌吃这种半生不熟的东西了。"我两手在背后拼命解着绳结，但是没用，是死扣。

"我是她爸，你还能比我了解她？"何世涛目光冰冷地看向我。

"何器小时候差点被你做的牛排噎死，你当时光顾着发微博，晚一步她就断气了……你都没敢告诉她妈妈，对吧？"

何世涛没说话，手却不自觉地捏紧了牛肉锤。我心里有了主意，继续说："这么大的事，你不会忘了吧？还是觉得这不符合你好爸爸的身份，故意忘了？"

"你胡说八道！"

我坐在地上艰难地往前挪了挪，背靠着水箱，继续刺激他："这可是何器亲口跟我说的，她还说，有时候她觉得你根本不是她爸爸，而是那些盒饭的爸爸，你看手机的时间比看她还多。何世涛，你自己想想，这个世界上也就那些什么都不知道的网友觉得你是个好爸爸……"

"你闭嘴！"何世涛低吼一声，锤子直直地朝我丢来，我头一闪。

哗啦！

背后的水箱碎了一地，里面的鱼蟹海参一涌而出，在地上噼里啪啦跳得老高。我被从头到脚浇透了，大声咳嗽起来，同时趁他不备迅速在手心里藏起一片碎玻璃碴。

何世涛懊恼地啐了一口，把我拖拽到厨房另一侧，心疼地捡拾着地上的昂贵海货。

我不动声色地割着手腕上的绳子，被划破的手指生疼，鲜血让我几乎抓不住玻璃，但我根本顾不上。我死死盯着炉灶旁的黑色铁盒，只要把它拿到手，逃出去，一切就都结束了。

炉灶的火焰舔舐锅底，牛排发出嗞嗞的声音，一股灰白的浓烟沿着锅沿升腾起来，何世涛闻到煳味转过身来的瞬间，我解开脚上的绳子一跃而起，把铁盒抱在怀里，手里攥着玻璃碎片，拿尖对着他。

"你别过来！我现在不怕死，也不怕拉你一起死！"

谁知何世涛一点都不紧张，不紧不慢地关上火，把烧煳的牛排倒进垃圾桶，换了一个铁锅，拧开火，继续等锅预热。

我突然觉得不对劲，赶紧打开盒子。

果然，我还是低估了这个老狐狸。

盒子里面只剩下贴着何器标签的录音储存卡，最下面空了一排。

何世涛轻轻晃着锅里缓慢融化的黄油。"你听过七色花的故事吧？我特别喜欢那个故事，但是有两点我一直想不明白。第一，明明可以做更有意义的事，为什么那个小孩许了那么多乱七八糟的愿望？第二，为什么不用其中一片许愿，要无数朵能许愿的七色花呢？是吧？这个故事一点都不符合人性，所以你看……"何世涛从兜里掏出一个透明塑料盒，轻轻晃了晃，十几张黑色小方片发出清脆的声响。

"第一片，我换了那对青铜白鹤，不贵，就是想试试凌浩的诚意，还有他有多害怕这张卡。第二片，我就要了家店，也不贵，就是办手续有点麻烦，不过对他们那种有钱人来说也不是难事。剩下的我还没想好，但我可以慢慢想……"

何世涛把第二片牛排放进锅里，热腾腾的油烟遮着他冰冷的眼神："谁知道你突然冒出来了。有天我一睁眼，所有人都过来跟我说什么何器回来了，吓我一跳，要是真回来，那就麻烦了……"

何世涛把塑料盒放进口袋："借尸还魂？挺有创意……如果不是知道你在演，我真的就信了。"

"你是怎么知道的……"我的手一直在流血，疼痛让我咬紧牙关。

"就是你开口说的第一句话，"何世涛瞥了我一眼，眼底尽是嘲讽，"上高中之后，何器就不叫我'爸'了。"

这一点我从来没有想过。

湿透的衣服一点一点带走我的体温，彻骨的寒意从脚心一直蔓延到头皮，连带着我的嗓音都是颤抖的："难道你就不想知道是谁杀了何器吗？"

"就是周言阳啊！就是他妈的周言阳！"何世涛带着怒气打断我，"人证物证口供时间动机全都有！还有他妈妈的态度，要不是心虚，她跪什么？你怎么就是不信呢？啊？就凭你说，他不是这样的人？我告诉你，人是最靠不住的……"

何世涛深呼吸了一下，语气柔和下来："不过你演得确实很像，好几次我都觉得真的是何器在跟我说话。也多亏了你，现在所有人都觉得，我女儿回来了。"

"你什么意思？"

"我女儿何器，借尸还魂，受了刺激，所以这儿出了点问题……"何世涛敲敲太阳穴，"不能见人，不敢出门，只能待在家里被我照顾……就跟它们一样。"何世涛捡起一只在地上苟延残喘的龙虾，咔嚓一声扭断了它的钳子。

我咽了口唾沫，缓缓靠着一旁的台子，审度着我现在的处境。

这是个半包围的死角，何世涛挡着唯一的去路，再加上我失血的缘故，现在没有什么力气，就算拿着玻璃碎片也不是他的对手。

何世涛转身拧开大火，煎着牛排的边。"你放心，待在我这儿，肯定比回你自己家好……我看你爹妈也不是特别想要你。"

趁他说话的间隙，我的右手缓缓靠近台子上敞开的面粉盒。

"是吗？"我语气一冷，把面粉盒紧紧抓在手里，"你不是厨子吗？怎么这么没有常识？"

"什么？"何世涛没反应过来。

我迅速拉起湿衣服的下摆护住头，右手揣起面粉盒朝火焰使劲一扬，粉雾和火舌接触的瞬间，一团如狮口般的大火朝何世涛的脸轰然袭去。

　　海韵花园消防通道上停着一辆消防车和一辆救护车，几个穿睡衣的邻居站在院子里，仰头看着何世涛家的窗户，伴随着些许烧焦的气味，一些黑云一样的烟缓缓弥散到雾黄色的夜空里。两个医生把一个担架抬上 120 车厢，车上的女医生熟练地固定住，快速做着止血包扎。

　　"什么情况？"

　　"粉尘爆炸，还好规模不大，人没死，就是……"男医生看了眼满脸焦黑的何世涛，"离火太近，眼睛应该保不住了。"

　　女医生点点头，刚准备拉上车门。

　　"等等！好像还有一个人。"男医生看着两个消防员从黑漆漆的楼道里快步走出来，消防员收着水管，冲他们摆摆手。

　　"没人了！就他一个！"

Chapter 05

第五章

鱼

猎

26.
寒栗

难道这件事就这么结束了？

从何世涛家逃出来时已接近午夜，俞静浑身是伤，身心俱疲。

她想回家。

这是她从未有过的念头，却是此刻唯一的念头。

刚走到俞家台村口，天上突然下起雪来，不大，落在地上就化了，路面像浸着一层薄薄的水雾，俞静这才想起，快过年了。

她身上只穿着一件从何器衣柜里随手拿的薄睡衣，双脚泡在湿答答的棉拖里，乌黑的外套被她紧紧缠在右手上，暂时止住了血。她被淋湿的头发在寒风里冻成一根根锋利的硬条，原本衣服上的水汽还未干透，落在身上的雪又结成小水珠罩在外层，把她仅剩的一点体温都带走了。

当俞静一瘸一拐地走在熟悉的水泥路上，远远看见家里那扇刀砍斧刻的旧木门不见了，取而代之的是两扇新装的不锈钢大门。如果不是门口那双熟悉的黑色雨靴，俞静差点就和自己家擦身而过。

她难以置信地看着这两扇陌生的大门，上面贴着中国移动赠送的崭新福字和春联，横批写着"家和万事兴"。俞静拧了拧莲蓬形状的把手，纹丝不动。大门在路灯下闪着寒光，她看到自己映在门上的扭曲面庞，数条水痕滑落，让她的脸支离破碎。

"开门！"

俞静使劲拍了几下大门，忘了右手受着伤，她吃痛地扶住手臂，带着怒意连踹几脚，大门上水珠震落，她依旧咬紧牙关。俞静气喘吁吁地把耳朵贴在门上，试图听清里面的动静，但是除了门缝里透出的风声和微弱的光，里面没有任何回应。

几块沾着脏泥碎屑的破旧砖头在墙边高高垒起，俞静小心翼翼地踩在上面，掀开搭在围墙上的塑料遮雨布，左手紧紧扣着墙沿，包着衣服的右手也搭了上去。她深呼吸一下，两手同时用力，痛苦地大吼一声把左腿搭在墙上，然后翻身掉进院子，好在墙边堆放的旧渔网和几个纸箱给了她缓冲。俞静看见纸箱掀开的一角，露出里面已经泡烂的高中课本。

俞静右手抑制不住地抖动，伤口的鲜血缓缓渗出。

她疾步走向客厅，刚要推门，听到里面隐约传来笑声。客厅门旁，两束柔和的黄光透过窗户照在院子里。俞静停住手，慢慢走到窗外，她愣住了。

俞静当然想过，有一天她会被这个家遗忘，但没想到是这个时候。

她看到客厅整饬一新，一张崭新的"多子多福锦鲤图"替换了之前的"仙鹤送子图"，墙上自己的高中毕业照也被取下来，取而代之的是 2021 新年画历，家具都换成了新的，角落里的陈年渔具都被清理出去，换成了一个崭新的摇篮和一堆五颜六色的积木玩具。

老俞背对着俞静，怀里抱着一个鼓鼓囊囊的婴儿，戴着虎头帽，手里拿着一个拨浪鼓，粉嫩的脸颊像刚蒸出来的馒头，老俞时不时把他高高举起，又轻轻放在自己腿上，用低沉而温柔的声音教他喊爸爸。房玲往炉子里添着煤块，炉火烧得通红，她皱红的脸颊满是笑意，看着父子俩轻声说了句什么，两人大笑起来，婴儿不明所以地左顾右盼，眼睛突然撞上了窗外的俞静。

素未谋面的姐弟俩隔着起雾的玻璃静静对视。此时，电视上播放起可口可乐的新年广告，人们欢声笑语地围坐在一桌热气腾腾的饭菜旁边，《恭喜发财》的音乐响起，配合着屋里蒸腾的暖意。

婴儿的眼睛一寸不移地盯着窗外，忽然笑了。

老俞觉察到儿子的视线，顺着他的目光扭头看去。

那里已经空无一人。

俞静满脸泪痕，一瘸一拐地走向俞家台通往大路的十字路口，几辆车从她身边疾驰而过，像劈浪的邮轮，撕揭起路面的水花。路两边都是些拉着卷闸门的破败店铺，路灯和信号灯被碎雪晃得有些迷离，残缺的霓虹灯、LED 灯映嵌进湿漉漉的地面，如同两个对峙的水世界。

俞静突然感到一阵头晕目眩，一头栽倒在路边的草丛里。信号灯变换成红色，笼罩在她的身上，像是披着血。

俞静再醒来是第二天中午，太阳照着她的眼皮，一个女人在旁边痛苦地号叫。俞静缓缓睁开眼，发现自己躺在白花花的病床上，所有伤口都被包扎好了，被单上印着"盐洋市医院"。号叫的女人在隔壁床，两条腿打着石膏，脸扭曲得像块干毛巾。一袋敞开的小笼包放在她的床头，散发着热腾腾的香气。俞静咽了口唾沫，肚子咕隆叫了好几声，女人短促地哕着气，看了她一眼："你吃吧，我没胃口。"

俞静抓起那袋包子狼吞虎咽起来。

女人看着她："你爸爸妈妈呢？"

俞静嘴里塞着包子，摇摇头。

"谁送你来的？"

俞静努力想了想，摇摇头。

"有人接你出院吗？"

俞静还是摇头。

"朋友也没有？"

听到这两个字，俞静一下子失去了咀嚼的力气，艰难地把包子咽下，眼泪也跟着掉了下来。

女人吓得撇撇嘴："别哭，咱俩差不多，我比你还惨点……"她指了指两条高高吊起的石膏腿，"刚刚护士来查房，说你没什么大事，醒了就能出院，我这腿刚包上，还不知道什么时候能出去。"

俞静看了看手里的包子，还剩一个，她不好意思地递回去，女人摆摆手。

"你有地方去吗？"

俞静摇摇头。

"正好，你帮我个忙。"

女人说她叫安姐，在市海洋公园的海洋馆当售票员，海洋公园就建在旅游度假区的中心，拆迁以前，大泉港就在那里。

安姐想让俞静帮她喂猫。因为车祸出得太突然了，她平时又独来独往，不喜欢麻烦人，所以猫已经饿了一整天。她翻遍朋友圈也找不到一个能帮忙的人，看到俞静倒有几分亲切。她把自己家的钥匙和员工卡给了俞静，让俞静喂完猫可以顺便去海洋馆玩一下。

俞静刚好需要一个人冷静一下。她给安姐喂完猫，来到海洋公园门口。尽管这个地方离自己家很近，但她从来没有进来过。俞静以前总觉得，明明真正的大海就在旁边，为什么要花钱来看这种人工搞的假海，都是哄骗外地人的把戏罢了。但是今天，她无处可去，只好边逛边梳理现在的处境，思考接下来该怎么办。

何世涛没有死，但受了重伤，一时半会儿也出不来。所有的录音卡都在他身上，俞静检查过，全都烧坏了。按照何世涛的说法，原件卡和复制卡都在里面，也就是说，虽然解除了何世涛对凌浩的威胁，但凌浩能不能帮自己指证迟成还是个未知数。最棘手的是，自己手里一张牌都没了——没有那天晚上的录音，没有其他证据，没有人证，又过去那么久了，就凭自己的口供，警察也很难帮自己，说不定还会被凌浩、迟成扣上人格污蔑的帽子。

想到这里，俞静自责到喉咙发紧，难道这件事就这么结束了？难道自己永远也完不成何器要做的事了吗？

不知是神经太紧张还是没睡好，在海洋公园乱转的时候，俞静总觉得有一双眼睛在背后盯着自己，回头看时又找不到任何可疑的人。她快步穿过海洋馆门前的广场，故意选了一条长队排队进"海底隧道"，利用一旁的反光玻璃观察身后的人。

今天是周末，来海洋馆的基本上是一家子，一胎二胎的都有，很少有形单影只的人，所以俞静一眼就看出有个戴渔夫帽和口罩的男人有些奇怪，看身形觉得熟悉，但又无法准确地想起。

俞静故意猛地回头看去，男人立刻低头躲避。

没错了，就是他。

俞静趁他低头的间隙，拿出安姐的员工卡走了员工通道，男人发现后有些着急，但没有办法，只能乖乖等着。

俞静拐进"海底隧道"。这是海洋馆的招牌打卡地，号称有着全亚洲最长的仿海底亚克力观光隧道，全长一百多米，只能一条道走下去。俞静选了一个人多的拐角休息处，静静等待男人的出现。

这会是谁呢？为什么要跟踪自己？俞静盯着面前翩然翻舞的荧光水母，突然想起上次在医院，鞋子里莫名出现的那张字条——"你为什么要扮演何器？"

难道放字条的就是这个人？

可是，除了凌浩、何世涛之外，还有谁会知道自己是扮演的？

俞静的心里突然咯噔一下。会在这个节骨眼关注自己、怀疑自己的，就只有凶手了。

想到这里，俞静飞快起身，朝门口跑去，无论如何也要抓到这个人，无论如何也要弄明白。

就在俞静冲出拐角的瞬间，那个男人慌慌张张地跑进隧道，迎面撞了上来。俞静一把扯下他的口罩。

是老田。

"所以，真的是你放的字条？"

俞静和老田并排坐在一个双人椅上，面前是一个直径五六米的硕大单体亚克力水体景观柱，五颜六色的珊瑚礁鱼在葱翠碧绿的海草和珊瑚丛间穿梭游弋，海马、鹦鹉螺、巨海蟹、水母、刀片鱼也被一股脑地塞在里面，一个套着亮片美人鱼尾的工作人员戴着氧气罩，在景观柱中间上下翻舞，气泡不断升腾上去，有种诡异的热闹。

"对，我那天去医院找我老婆，她说你受伤了，我去看的时候你还没醒，我就放了张字条……说实话，我也就是怀疑，没想到真的是你演的……"

"为什么跟踪我？"俞静不想和他废话。

老田不安地扭着手里的矿泉水瓶，欲言又止。

"要是本子的话就别想了，那天晚上就被凌浩抢走了，我连翻都没翻开……"

"我想跟你承认一件事。"老田下定决心似的，把矿泉水一饮而尽，然后掏出一个碎屏的旧手机，给俞静点开一段视频。

视频是从一扇窗户内俯拍的，画面中心从操场聚焦到外侧的小树林，一辆黑色轿车停在那里，后备厢如蚌壳一般锋利地开着。

俞静瞬间明白了一切。她双耳嗡嗡作响，一条灰白色的巨大沙虎鲨从她头顶轰然划过。

"这不是……你……你是怎么……"俞静两眼失焦，不知道先问哪一句。

"其实那天晚上的事，我在楼上看见了……"

"那你为什么不管！你他妈还录像?!"俞静瞬间提高音量，噌地闪开身子，怒视着老田，周围人纷纷侧目。

"你先冷静，听我说完……"老田抿了抿嘴，"如果知道是你，我肯定会管的……真的！"

俞静的眼里瞬间噙满泪水，一言不发地看着老田，等他说下去。

"那天晚上不是校庆吗？我先回了趟家，给我女儿换尿布，然后我在厨房看见了……"老田心虚地看了一眼俞静，"因为经常有学校的小情侣在那里搞来搞去，我看见过不止一次，也……也拍了不止一次。不过没什么灯，只能看个大概……但这个视频稍微清楚点，有后备厢的灯。"

俞静克制着自己去回想那一幕，继续盯着老田。

"录的时候我真没想那么多，那么远，又看不见脸，我录完也没再点开了。但是那天你来找我要本子，我突然想起这件事了，就找出来，放大就看清了你……还有车牌号，我一看，怎么是凌浩的车……"

"什么？"俞静一惊，"能看清车牌号？"

"能！你看！"老田找出一张局部放大的截图，粗糙的色块堆叠出几个模糊的白色字母和数字，跟俞静的记忆对上了。

这是新的证据，甚至比录音还要有用。

"迟成也拍到了吗？"

"迟成也在？"老田愣了一下，"后面确实又来了一个……是迟成？这个小畜生……"

俞静看了他一眼："那第三个人呢？"

"还有第三个人？"老田整个人都呆住了，俞静第一次从他的眼睛里看到一种羞愧和震撼交叠的神情，半晌，他低头想了想："没拍到，视频里就两个人。我当时急着回去看晚自习。对了，我还在办公室碰见何器了……"

提到何器的名字，两人都陷入了一阵沉默。

"其实，何器死了之后，我没有一个觉睡踏实过，有一件事我怎么都不敢往下想……"

老田抬头看了看悬在头顶的海底隧道，鱼群在他脸上投下稍纵即逝的阴影，蓝色的水纹波光像一片深海压在他略显疲惫的脸上。"我一直在想，如果当时我看到那个本子，第一时间就管了，叫家长也好，报告教务处也好，惩罚惩罚他们，让他们知道这是不对的，而不是让他们写写检讨就算了……我明明可以做，但我就是没有！我一直在想，如果我当时那么做了，会不会后面就没这么多事了？何器是不是就不会死了？"

老田低下头："我知道这两件事没有直接联系，但是我总觉得对你、对何器都有愧。尤其是那天你来我家找我，看着我女儿问我，要是将来有人这么对好月怎么办？我……我……"

老田说不下去了，把脸埋进两只大手里，双肩微微抖动。

俞静噙着的眼泪也跟着掉了下来："所以你现在想怎么办？"

老田抬起头，用手指抹去眼泪，把旧手机放到俞静手里："这个你拿着，你想怎么处理就怎么处理，我都支持。"

"可是……"俞静看着手机想了想，"如果我要公布出来，所有人就都知道你的秘密了。你老婆、同事、校长，还有你的学生、学生家长……他们都会知道，你确定吗？……你不怕吗？"

"我怕，我当然怕。"

老田看了看面前的景观柱，一个两三岁的小姑娘靠着透明管壁和身后的美人鱼合照。老田脸上浮现出温柔的笑意。"但是我更害怕，以后等好月长大了，有一天知道她有一个懦弱的爸爸。"

俞静鼻子一酸，低下头，把手机放进兜里，站起身来："谢谢你，田老师。"

"等一下，还有一件事……"老田看着俞静，"在你之前，还有一个人来找我要过本子。"

"谁？"

"迟成。"

27.
活杀

先用钉子在鱼头中间穿洞，再把一条铁丝穿进去，反复捣一捣，这样可以先把它的神经弄断，减少肌肉运动，但鱼还是活的……

迟成收到老田发来的见面信息时心里咯噔一下。

他怎么知道自己回来了？怎么偏偏是两天后？

一周前，盐洋市政府借中日合作二十周年的契机，举办了一个"盐洋—东京沿海经济交流与创新合作对接会"，说白了就是招商引资，推进外贸出口，是拉动下半年经济的一着大棋。市政府特别重视，几个主要的领导带着日本考察团前前后后参观了一周，铆足了劲展示这些年沿海开发的成效，顺利通过了不少合作项目，最后的签约仪式就定在了迟家的"海鲜凶猛"大饭店，时间就是两天后。

当初能把饭店开在寸土寸金的旅游园区，迟宗伟上上下下没少活动，再加上市政府秘书长赵刚是自己的发小，这些年也省去了不少麻烦。"海鲜凶猛"主打高端宴请，刚开张那几年，盐洋市有头有脸的人都在这儿出入过，大厅右边一整面墙都挂满了迟宗伟和各种领导、明星的合影。迟宗伟大手一挥，花重金重新装修店面，光门口的巨型帝王蟹雕塑就花了十几万，还把整个一层大厅打通成左右两个宴会厅——左"天宫"，主打当地传统炒菜系，右"龙宫"，研推自成品牌的高端海鲜菜式。那几年赚得盆满钵满，甚是风光。

然而，2013年限制"三公消费"的大风刮过，重点整治的就是餐饮行业，再加上摆在照片墙正中央的某领导因贪污落马，连带着掀掉了半面墙的合影。那段时间，海边农家乐成了城市特色宣传的重点，"海鲜凶猛"肉眼可见地冷清下来，平时多是承接一些商务活动、婚寿宴请、同学聚会，勉强维系。虽然说瘦死的骆驼比马大，但除了租金电费，还有员工、海鲜日日夜夜养着，这么耗下去也不是个办法。为了让饭店重回昔日风光，去年迟宗伟去了趟泰国，回来之后就开窍了。

"龙宫"重新装修，宴会大厅被一条宽一米、长二十几米的巨型玻璃养鱼池一分为二，半人高的养鱼池分为虾类、蟹类、贝壳类三大区域，推出海鲜自助套餐"大闹龙宫"，噱头就是"活杀"——厨师案板分列两侧，食客亲自挑选想吃的海鲜，厨师当场宰杀烹饪，下锅炖煮，吃的就是"新鲜"。

当然，这个项目还没正式对外营业，迟宗伟跟赵刚拍胸脯保证"绝对有面子"，费了老鼻子劲终于拿到了这次承办宴会的资格。这是个千载难逢的宣传机会，如果能把这次活动办得漂漂亮亮的，必然是一个响亮的彩头。而且当天，盐洋市的大小领导也都会在，迟成又在日本留学，这是拓展人脉的绝佳机会，所以迟成被迟宗伟逼着回了国，让他在那天必须出席。

想到这里，迟成纳闷了，自己上午刚下飞机，下午就去饭店待了一小会儿，老田是怎么知道自己回来了的？没等他问清楚，老田的信息又来了——"你上次不是要本子吗？我找着了，这两天抽不开身，四号见面给你。"

迟成回："四号人太多，不方便。"

老田："我不进去，给你就走。"

四号当天，北方小年。

"海鲜凶猛"上上下下一片忙碌，所有人都如临大敌，穿着整齐制服的厨师、服务员列阵两侧，龙王衔珠造型的钟表显示七点，迟宗伟把自己塞在一套昂贵的西装里，迟成也穿着一身新定制的西装。他不停地调整着领结，想要揪下来，被迟宗伟用眼神严厉制止。

几辆黑色商务车接连停在酒店门口，车门打开，迟宗伟忙不迭地上前迎接。孙市长和几位副市长带着日本考察团走进"海鲜凶猛"金碧辉煌的大厅，刚踩上地板所有人就吃了一惊。

从大厅到"龙宫"的地板是一片波光粼粼的深蓝色海面，全部安装了电子感应器，一步步踩上去会带动一圈圈仿真涟漪。"龙宫"宽敞明亮，三面墙壁也是 LED 感应墙，电子鱼虾在脚下倏然游弋，环绕一圈，仿佛真的置身于海底龙宫。没等众人落座，宴会厅中央一条巨龙从海底直冲而上，有人吓得尖叫起来，巨龙在逼近众人的瞬间滑游到右侧墙壁，悬停在正中央的 LED 屏前，两行中日文字缓缓从气泡中变换出来——热烈欢迎东京考察团莅临我市。

众人呆立半晌，考察团面面相觑不知该做何反应，孙市长带头鼓起掌："好！好！"大家的表情这才松弛下来，跟着鼓起掌来。秘书长赵刚悄悄朝迟宗伟点了点头，迟宗伟像一直憋着气似的，这才敢大大地呼出来。

冗长的领导讲话，迟成心不在焉地站在点心区狂吃了几口小蛋糕。迟宗伟悄声跟他介绍着在场领导的称呼和关系，让他好好记在心里，一会儿过去敬个酒，介绍下自己。迟成敷衍地听着，这样的场合他从小就在经历，萦绕耳边的都是这局长那书记，他记不住单词公式迟宗伟从来不骂，但是记错了酒席座次、喝酒规矩，迟宗伟就会数落他一晚上，说什么这才是关系前途的事。一开始他觉得很厌烦，后来发现有时候报出这些称号反而比钱有用，也就没那么反感了。但是现在，他无心顾及这些。老田一直没回消息，这让他有点不安。

虽然觉得老田在这个时候还本子怪怪的，但是他也没有多想。在他心里，他最瞧不起的就是老田这种人，跟狗似的，给钱就摇尾巴，上学的时候他没少给老田好处，估计这次又是有什么事来求他。

这时，一个红棕色头发的服务员跑过来悄声跟迟成说："小老板，有人找你，在大厅。"

迟成点点头，放下盘子，顺手在她屁股上揞了一把。

老田站在大厅，正踩着地板上的水波玩，见到迟成后捂着肚子一脸焦急。

"哎呀，你可出来了，我今儿中午吃坏肚子了，找半天没找着厕所……"

迟成想翻白眼，忍住了。

"后厨有。"

"后厨在哪儿呢？"

迟成指了指"天宫"。

"穿过去，一直走到后面就看见了。快点啊，那边不让进。"

老田点点头，迟成叫住他："本呢？"

"等一会儿，着什么急啊，我还有点事想跟你说呢。"

老田疾步走了几步，又折回来："你能不能带我过去？我怕我找不着还得出来。"

迟成的白眼终于翻出来了，他犹豫了一下。"龙宫"宴会厅内掌声雷动，迟宗伟的声音传出来："下面有请黑田清隆先生为我们分享一下……"

迟成不耐烦地撇撇嘴，冲老田一点头，推开了"天宫"紧闭的大门。

大厅没开灯，也没有人，所有服务员都去"龙宫"厅忙活了，相较于对面的热闹，这里安静得有点可怕。桌子都蒙着塑料布，几块明星代言布景板立在黑漆漆的角落，看上去有点瘆人。

借着窗户透进来的路灯灯光，可以勉强看清道路。迟成在前面飞快走着，老田亦步亦趋地跟着。

"你怎么知道我今天回来的？"

"啊？"

"我回国的事谁都不知道，你是怎么知道的？"

"我……"老田顿了顿，"你爹朋友圈！我不是加他了吗？这段时间天天刷屏，说要接待外国使节啥的，又快过年了，肯定得让你回来，是吧？"

迟成皱眉想了想，有道理。

两人穿过大厅停脚，迟成推开一扇厚重的消防门，按开灯，指着面前一条狭长的甬道："走到头就是。我在这儿等你。"

老田想了想："行，你帮我拿下包。"

迟成接过老田的包，刚转过身，毫无防备地被老田勒住脖子，蒙上外套。迟成吓呆了，等反应过来的时候已经被老田死死按住，双手双脚被一次性塑料扎带紧紧锁着，倒在地上动弹不得，什么也看不见。

"老田你干什么？你他妈的放开我！"

迟成像个蚕蛹一样在地上蠕动，塑料扎带纹丝不动，怎么挣扎都无济于事。"你知不知道你在干什么？找死是不是？活腻歪了吧？敢绑架老子！"

没有回应，老田仿佛消失了一般，迟成眼前一片黑暗，耳边只有电流吱吱的声音，迟成有点慌了："老田？老田？田万里，你想干什么？你想要钱是不是？……你说，这个本子要多少钱，你说个数……你他妈说个数！"

突然，迟成听到一阵杂乱的脚步声，接着他被一股力量拖拽着进了一个房间。腥臭、冰冷，地上有一层湿答答的冰水，他薄薄的西装立刻浸透了。他忍不住打了个寒战，接着被人一把揪起，绑在一个铁椅子上。

这是哪里？空旷到脚步声都有回响，这屋里有几个人？现在是什么声音？突然，他闻到一阵熟悉而黏腻的油烟味，两手在椅背上抹了一把，有鱼鳞。

后厨，这里是后厨。

迟成定了定神："老田，你说句话，我们师生一场，不至于这样……"

头上罩的衣服一下子被摘下，一道刺目的光近在眼前，迟成闭上眼睛的瞬间，又被贴上了两块不透光的胶带。

迟成愣了一下，是女孩的手。

"你是谁？"刚问完，迟成心里立刻有了答案，"俞静？"

"我是何器。"

一股温热的鼻息近在脸前，稍微有点咬字不清的冷静语调确实像何器。

迟成咽了口唾沫："你别装神弄鬼了，我知道你是演的！"

"是吗？……那你抖成这样干什么？你在害怕什么？还是……"声音绕到了身后，"还是你想起来是怎么杀我的了？"

"我没杀人！"迟成声音颤抖，"我没杀人，我什么都没干！不是我杀的！"

"哦？是吗？看来你也不记得了？"

声音有点走远，迟成努力辨认着声响，不远处传来一阵刀器碰撞的声音，听上去像是正在挑拣。

"你要干什么？！"迟成大力挣扎起来，手腕被勒得生疼，他龇牙咧嘴，"你快放了我！我告诉你，我爸看见我出来了，我这么久没回去，他肯定会来找我的，他找到你们就死定了！这里是我家！！"

砰！

孙市长和黑田清隆一起开了一瓶香槟，全场热烈鼓掌欢呼，香槟缓缓倒入一旁的酒杯塔中，众人觥筹交错。迟宗伟在一旁忙得不可开交，一边用手机拍着照片，一边指挥着厨师服务员各就各位，马上进入今晚的高潮大戏"活杀宴"环节。

迟成听见"何器"拉了张椅子，在对面坐着，不紧不慢地说："钓上来的鱼，正常提回家，二十分钟就死了，但是把眼睛蒙上，它能离开水活十几个小时，你知道是为什么吗？"

迟成用力喘息着，不接话。

"因为人也好，鱼也好，突然被绑起来都会恐惧，恐惧太多的话，命就不长，但是把眼睛蒙住，看不到外面的东西，就会幻想自己还有救，有一个生的盼头就会死得慢点……"

迟成抿紧嘴巴，一句话不说，打算尽量拖延时间。

"不说是吧？好。"

迟成听见"何器"站起来，一阵金属刀具碰撞的声音之后，一个尖头突然抵住自己的手臂，尖头锋利，带着冰凉的寒意缓缓滑到太阳穴停住。

迟成打了一个激灵，是杀鱼锥。

"你知道，我爸也是个厨子，他喜欢吃鱼，也喜欢做鱼。他曾经跟我说，日本有一招杀鱼的方法可以让鱼肉保持最鲜嫩的口感，叫'断筋活杀'，就像这样……"

尖锥立在迟成的头顶，"何器"缓缓用力，迟成能感觉到尖锥正慢慢刺入他的头皮。

"先用钉子在鱼头中间穿洞，再把一条铁丝穿进去，反复捣一捣，这样可以先把它的神经弄断，减少肌肉运动，但鱼还是活的……"

啪啪啪！

主厨案板上刚刚杀完一条东星斑，鱼嘴还在有规律地张合，身上的鱼肉已经被切成了透明的薄片，整齐地排列成鱼身的形状。另一侧，青壳的大帝王蟹被人从水里捞起，拼命挣扎的同时，一阵快刀唰唰唰斩断八爪，刀锋劈进蟹壳，一转一撬刮掉鳃丝，蟹爪还在抽动，蟹身已被大卸八块。

数双筷子夹起鱼片，蘸料，放入嘴中，一片交口称赞。迟宗伟总算松了口气，他又瞬间眉头紧缩，目光在热闹拥挤的宴会厅焦急搜寻着。红棕发色服务生从他身边匆忙经过，迟宗伟抓住她的手臂轻声问："还没找到？"

服务生摇摇头。

"继续找。找到了跟他说，躲着没用，必须过来跟市长打招呼！这个机会错过可就没了。"

服务生点点头。迟宗伟的目光回到餐桌上，立刻舒展开一张讨好式的笑脸。

迟成用力缩着脖子，想减少刺痛，但是尖锥随着他的移动而逐渐加大力度，他终于忍不住了。

"你……你要是敢杀我，你也活不成……"

"你杀我一次，我杀你一次，刚好扯平。"

"我说了我没杀人！我求求你放了我吧……我真的什么都不知道……"迟成快崩溃了。

"嘘嘘嘘！""何器"按住他的肩膀，"我今天就问你三个问题，答对了，放你走，答错一个，让你爸直接过来收尸。相信我，我已经死过一次了，不怕再死第二次。"

迟成垂下头，绝望地拧着手腕，手腕已经被塑料扎带割出血来。

"准备好了吗？第一个问题，我那天晚上是怎么死的？"

迟成低着头，双肩剧烈抖动着，沉默良久才缓缓开口，"我……我真的没想杀你……那天晚上，凌浩放你走了，我……我不放心，就追出去了……"

2020年7月15日晚上，何器下了凌浩的船，感到一阵巨大的困乏，她在沙滩上慢慢走着，突然感觉身后有人，一回头，是迟成。

"不是说好了吗？你们道歉，我还卡，你还想干什么？"

"我……"迟成顿了顿，"我不相信你。"

何器冷笑一下，不想理他，转身继续走着。

迟成不依不饶地跟在后面："我不相信这么简单……你们就要我们一句道歉？你们肯定是想让我们自投罗网，然后拿这个证据去告我们……"

"简单？你觉得道歉简单？"何器冷冷地看着他，"如果简单的话，你们为什么一个人都做不到？"

迟成被噎得说不出话来，他满身酒气，浑身燥热，看着何器走远的身影，突然狂追过去，一把把何器推倒在沙滩上，一边扯着她的裙子，一边不停说着："我不能道歉……我不能让你说出去……你们……你们肯定是想说出去……只要你和她们一样就好了……你就不敢说了……你要脸，你不会说的……"

何器瘦弱的身躯被迟成死死压在身下，拼命挣扎，力气还是抵不过迟成。眼看着迟成就要扯烂自己的裙子，她抓起一把泥沙用力拍进迟成的眼睛和嘴巴，迟成大叫一声。何器趁机翻身逃走，没跑几步就被追上来的迟成重重撞倒在地。

何器的脑袋磕在一块嵌在沙滩里的岩石上，瞬间不动了。迟成愣了一下，叫了她几声，没有回应，一道细长的血从她的脑后缓缓流出。迟成的酒气一下子化作一身冷汗，来不及检查就落荒而逃。

"我发誓……我发誓我不是故意的……我不知道你死没死……

我走的时候真的没检查……"

"那我是怎么去周言阳船上的？最后怎么掉海里的？"“何器”声音颤抖，抑制住怒意。

"我最后见你的时候就在沙滩上，我都不知道周言阳的船长什么样，怎么把你拖过去啊？"

"何器"没有说话，迟成继续说着："都这个时候了，我真没必要撒谎……当时警察也问了，我……我后面有不在场证明的……真的！我就是……就是没说这一段……"

"你为什么不说！你要是说了，说不定凶手还能抓到！"

"我……我真不知道……"迟成撇撇嘴角，装出要哭的样子。

"何器"努力让自己平复下来："好，第二个问题，如果你不是凶手，你回来要那个本子干什么？"

"对对对！那个本子！那个本子可以证明我的清白！老田？你快把本子拿出来！"

"什么意思？"

"是这样，当时写这个本子纯粹是好玩嘛……"迟成顿了顿，"不不不，不是好玩，不好玩！就……就是无聊，瞎写……两个宿舍的男生都写了，就周言阳不写，这不是跟我作对吗？我就……就想了点办法逼着他写，谁知道他从一本恐怖小说上抄了一篇，还把名字空过去了……"

迟成皱着眉，努力回忆着："虽然给我的时候写着'何器'，但是那两个字一看就是模仿的，我又不傻……只是当时没想那么多。"

"你是怎么看出来是模仿的？"

"周言阳写字你见过吧？横平竖直的，全是棱，跟尺子比出来似的，但是'何器'那两个字，所有的'口'都写得跟那个字母'D'似的，虽然感觉已经很努力在模仿了，但还是很明显……"

迟成抬起头，漫无目的地转着脑袋："老田呢？我跟你要本子，就是想找出这个人，你现在把本子拿出来，跟前面每一篇比对一下，说不定就找到了……他肯定就是凶手！最后你死在船上，也是那篇文章写的结尾……"

还是一阵沉默，迟成听见两人窃窃私语的声音，他松弛下来："前两个我都说了，最后一个问题是什么？快点吧，我快冻死了……"

"何器"站起身，走到他的面前，声音从头顶传来："最后一个不是问题，而是完成我当时让你做的事。现在，就在这里，跟俞静，还有其他被你侵犯和伤害过的女生道歉。真心实意地道个歉，说完就放你走。就这么简单。"

"我不道歉！"迟成突然暴怒，"你又在给我下套是不是?! 有完没完？你肯定是想套我的话当证据，好去告发我！你做梦！"

宴会已进入尾声，市长脸颊通红地站在中央，慷慨激昂地讲述着这段时间的感悟和收获，展望着未来的发展与愿景，众人立在台下，认真听着。

"最后，我们也要感谢为这次签约提供完美场地的迟老板，非常盛大，我也预祝你的'活杀宴'一炮打响，成为我们盐洋美食的新招牌。"

众人鼓着掌看向站在舞台一边的迟宗伟，他激动得手足无措，连连鞠躬，冲市长举起酒杯。

突然，整个宴会厅的环形 LED 屏闪烁了几下，电子波浪和自由游弋的巨龙熄灭，取而代之的是迟成那张因恐惧而扭曲的脸，他带着哭腔的怒吼声从四面八方的音响里传出来。

"我告诉你，我不管你是何器还是俞静，都休想让我道歉！你知道我爸跟市长秘书是发小吗？你知道你惹到什么人了吗？我谅你也不敢杀我，你等我出去，我早晚弄死你！"

整个宴会厅沉默了几秒，立刻陷入嗡嗡的讨论声中，有人拿出手机开始录像，迟宗伟脸色煞白，对呆立原地的保安大吼："愣着干什么！在他妈后厨！快去！快去！！"

迟宗伟和保安连滚带爬地冲出宴会厅。屏幕上，眼睛上贴着胶布的迟成还在肆无忌惮地说着："……强奸你们怎么了？是凌浩带我的。我爸说了，不能惹比我们有权势的人，他们说什么就是什么。所以不关我的事……我就算被抓了，也关不了几天，我爸有的是办法把我弄出来……你们给我等着！"

后厨的大门从里面反锁了，怎么扯都扯不开。

"都给老子闪开！"

迟宗伟大吼一声，用尽全身的力气撞向大门，门锁被撞断，众人推门拥入，环视四周，整个后厨只有迟成一人。

迟宗伟揭开迟成眼睛上的胶布，迟成看见爸爸瞬间大哭。迟宗伟啪地甩了他一个大耳光。

"谁干的?！给我找！"

所有人开始紧急搜寻，迟宗伟突然发现不远处的案板上架着一部碎屏的旧手机。

迟宗伟颤抖着拿起来，画面正在直播，账号就是有着数万粉丝的"帅爸盒饭"，现在改名为"想念何器"，观看人数已经突破了十万，无数网友留言在下面飞速划过——

强奸犯迟成、凌浩！向所有女生道歉！！！

我 ×，我认识凌浩，凌典教育公子哥！

你们不要怕！姐姐来了！

小姑娘保护好自己！你是好样的！

人渣坐牢！人渣去死！

下半辈子吃牢饭啊！

抵制海鲜凶猛！倒闭吧！

就是这个老畜生养出了一个小畜生！

············

迟宗伟吓得把手机一扔，瘫倒在冰冷的地上。

"海鲜凶猛"大饭店后门的消防通道，俞静和老田先后爬了下去，红棕色头发的服务生把背包扔给两个人："我男朋友正在注销接入系统，放心，查不到的。"

"谢谢学姐！麻烦你了。"俞静冲她挥挥手。

"应该的！当时还多亏了你帮我挡酒，算是还上这个人情了！"学姐笑了笑，"而且，我们都恨死迟成父子俩了，平时老是对我们毛手毛脚的，今天谢谢你帮我们报仇！"

俞静露出一个释然的笑容，晃了晃手机。

"这才刚刚开始呢！"

28.
鳞片

"你不是一个人""我们都在""Girls Help Girls""正义会来"

摄影机红点闪烁，正对着一个女孩清晰而坚定的面庞，她清了清嗓子。

"大家好，我叫徐勤勤，是盐洋市实验高中高三（27）班的学习委员。2020 年 3 月 19 号晚上第二节晚自习课间，凌浩以给我内部学习资料为由，把我骗至操场，在他的后备厢实施强奸。事后威胁我，如果敢告发，就不让我高考。我当时很害怕，因为我爸身体不好，我只有这一年的机会，所以……所以就没有……"徐勤勤低头看了看手里的稿子，突然读不下去了。

女主持人看了看不远处的摄影师，摄影师心领神会，准备关掉摄影机。

"不用关，"徐勤勤迅速从桌子上抽了一张纸巾，把眼泪抹干，

"我在哭这件事情上已经浪费很多时间了，今天来，是想把这件事从头到尾说出来，愤怒、害怕、崩溃，一点都不剩地说出来……"

女主持人点点头，摄影机继续录着。

"你刚刚说，你现在还是会害怕，对吗？"

"对。哪怕是现在，我坐在离家乡几千公里的地方，坐在这个全是人的咖啡馆，天气晴朗，你们在我对面，我还是会害怕……你知道吗？我高考之前都没有因为这件事大哭过，有个念头堵着我的眼泪，就是'只要考出来就好了'。但是当我来到这个城市的第一天晚上，我在宿舍哭到半夜，我以为一切都可以重新开始，结果发现没用，那件事对我的影响是无孔不入的。比如说，我现在在哪里都要靠着墙，特别讨厌有人站在我后面，就算是坐地铁，我都会找个靠墙的地方紧紧贴着。我总是梦见，有人突然从背后冲过来捂住我的嘴……"

"既然这样，为什么还要站出来呢？你不怕被更多人知道之后，你的生活就被打乱了。"

"因为俞静，因为她先站出来了，我不能让她一个人面对这些……"徐勤勤低下头，"说实话，我也是看到那段视频才知道，原来受害者不止我一个人……他们当时也是利用这一点吧，笃定我们不会跟别人说，笃定我们这些只能靠高考走出那里的人，会把前途看得比什么都重要……"

"你一开始的时候就说，希望我们后期不要把你的名字处理掉或者变成化名，为什么？"

"因为害怕名字被曝光的人不应该是我们，而是凌浩和迟成。"

"据我所知，这次举报行动是三天前开始的，为什么现在站出来？"

"因为我知道网络的力量有多强大，也知道一件事从发酵到消失有多迅速，所以，我选择现在站出来，就是希望这件事的热度不要降下去，希望越来越多的人去关注和讨论这件事。"

徐勤勤把目光转向摄影机的正中间，目光像利剑："我在此请求大家，帮帮我们，这一次，不要再让他们跑掉了。"

凌典教育大门口被记者和市民围得水泄不通，空荡荡的大厅站着一排保安，没有任何人要出来的迹象，一位穿着"盐洋民生频道"工作背心的摄像师扛着摄像机，女记者面对镜头说："我现在所在的位置，是我市明星企业凌典教育的办公区，因为在网上热议的'实验高中性侵案'的主犯凌浩正是凌典教育创始人庞恩典的儿子，因情节极其恶劣，我市市长孙军辉做出重要批示，必须给所有遭受侵害的受害者一个公正正义的结果。据悉，警方已经对涉案人员依法进行了传唤，事件还在调查之中。我们可以看到，大批学生家长聚集在这里，要求退课，还有一些社会热心人士想要为遭受侵害的受害者们讨一个公道……"

"我们要是连孩子都保护不了，还有什么脸活！"一个脸颊皱

红的中年男人突然挤到镜头前，语气因激动而略有些颤抖。"这个
公司老板的儿子就是强奸犯，我女儿十七岁，你让我怎么放心让
孩子继续在这儿学啊？"

"就是！自家儿子都管不好！有什么脸教育别人家孩子！"

这些愤怒的父母挥舞着拳头，七嘴八舌地喊着："退课退
钱！""给说法！""赔偿！""学校倒闭！"

"出来了！"

一个眼尖的记者看到身穿黑色大衣、戴着墨镜和口罩的庞恩
典低着头疾步走出大厅，人群瞬间散开，又像蜂群聚拢而上。两
行保安手拉手拼命挡出一条窄窄的通道，庞恩典弯腰迅速走过。

摄像机话筒掺着各种声调的诘问相互碰撞——

"你一直知情吗？你有没有故意替儿子隐瞒罪行？"

"你觉得学生在你这里上课安全有保障吗？"

"市长要求彻查这件事，并撤销凌典教育优秀企业的称号，会
对凌典教育上市造成影响吗？"

"你有什么话要对受害者说？"

"你觉得你是一个成功的企业家还是一个失败的母亲？"

"你如何看待网上……"

庞恩典钻进汽车，砰一声关门，把一切都隔绝在外面。话筒
磕碰车门，手掌拍击玻璃，像冰雹砸在棺材上的声音。

她深深叹了口气，摘下墨镜，露出一双疲惫而愤怒的眼睛。

车子走到拐角，凌典教育的 logo——她的"头像"被愤怒的人群扯下，踩在地上。

格林壹号 707 庞恩典家。

保姆手足无措地站在凌浩房间门口，见庞恩典进来，连忙迎上去，轻声说："一个小时了，怎么敲都不开门。"

庞恩典点点头，示意她先出去，然后趴在门上听了听，里面没有声音，庞恩典轻轻敲了敲门："凌浩，开门，是妈妈。"

还是没有声音。

"凌浩，有什么话先出来说，听到了吗？这个世界上没有解决不了的事，但是你得先面对……"

里面传来轻微的咔嗒声，接着是窗户拉开的声音。

"凌浩！你要干什么！"

庞恩典左右看了看，抡起一旁展示架上的一块天然太湖石，高高举过头顶，用力砸向门锁。

咔嚓一声，石头碎成好几半，锁也掉了，庞恩典立刻大力撞开门。

屋里一片狼藉，目光所及的东西都砸碎了剪碎了，电脑开着，不停地弹出消息。

凌浩赤身裸体地站在穿衣镜前，一脸平静地打量着自己的身体。他从镜子里看到庞恩典因愤怒而涨红的脸，笑了一下，转过身，向庞恩典举起双臂。

"妈，你知道现在多少人想要我的身体吗？"他的目光停留在自己的指尖，"有人想把我的手指头切了喂狗，有人想把我的皮扒了，筋抽出来，把血放干，还有人想把我凌迟，剐三万刀……"

凌浩哧哧地笑起来："我就是有点纳闷，网上那么多人，就这么点肉，够分吗？"

"凌浩，你冷静，你先把这件事从头到尾跟我说一遍……我们再想办法。"

"我很冷静，特别冷静，现在不冷静的应该是你……"凌浩背过身，继续看着镜子，"……选儿子呢，还是选公司，好烦啊……"

"凌浩！你在说什么！"庞恩典怒而上前。

"你别过来！"凌浩不知道从哪里抽出一把水果刀，放在自己的大腿动脉处，"你靠近一步我就划下去！"

庞恩典立刻停步，慢慢后退，靠在桌子上，把他的电脑合上。

"儿子，你听我说，你的人生还长，这件事没有你想的那么严重，妈妈会帮你的……你是初犯，再加上自首，很快就可以重新开始的……"

凌浩冷笑一声："我果然没猜错，还是要公司。只要我道歉，公司声誉还能保住一点，只要我坐牢，还是你庞恩典的功劳……"

庞恩典难以置信地看着他。

"你先听我说完，"凌浩挠挠头，走到飘窗坐下，手里玩着刀，"其实你一直很恨我吧？从我出生开始。我爸跟我说过，你当时差点就评上主任了，结果我出生了，你就丢了资格，不然凭你的能力，早就当上校长了。哦，对了，要不是为了辅导我上学，你怎么可能会把一手打下来的公司让给我爸管理啊，那个人比我还没用，如果不是他闹的那出，凌典教育也早就上市了……你也就不用动手杀他了。"

"你在说什么？"庞恩典面容冷峻。

"心梗发作？他天天健身，每隔几个月就做全身体检，要是心脏有问题早就查出来了，怎么可能因为心脏问题掉下去？"

"难道这么多年，你一直觉得是我杀了你爸？"庞恩典的声音有一丝颤抖。

凌浩没有说话，死死盯着她看。

"你爸确实不是心梗，"庞恩典向前走了一步，"他是自杀的。"

凌浩的刀顿在手上，静静听着。

"你想听真相是吧？好，我告诉你，那段时间因为他自己搞出来的破事，公司一落千丈。说实话，哪个公司不会经历一些风风雨雨啊？我想不通，就是一个丑闻而已，有什么过不去的，崩溃成那个样，还说是因为我……"

庞恩典冷笑一声，挽起裤脚，指着一道长长的伤疤说："这个，用花瓶砸的，鼻子，骨折三次，头发薅秃了好几块……你不知道吧？因为你一回家他就停手了，所以喝醉头脑不清楚都是放屁！"

庞恩典深呼吸，试图冷静下来："就这样，我都没离开他，还鼓励他从头再来，大不了先申请破产，养精蓄锐东山再起，他就疯了，说我要害他……"

庞恩典低头冷笑："出事那天，全公司的人罢工，我劝他去给大家当面道歉，先渡过内部的危机，他说让他想想，然后在阳台抽了三根烟，我一回头的工夫就跳下去了。凌浩，我不告诉你真相，是知道你从小就崇拜他，我不想……不想让你失望。"

凌浩双手颤抖，紧紧抿着嘴巴，大颗的眼泪掉在刀刃上。

楼下突然传来由远及近的警笛声，凌浩忍不住回头张望，庞恩典趁机上前一步。

"先把刀给我，儿子，"庞恩典慢慢伸出手，"别像你爸爸一样，好吗？"

凌浩慢慢抬起头："妈，你爱我吗？"

"我当然爱你。"

"如果我说，我跟我爸是一样的人，你还爱我吗？"

庞恩典的手停在半空中，没有说话。

半晌，凌浩笑了一下，把刀扔到地上，像是松了口气一样大口呼吸了几次，回头指了指楼下："妈，你看，我从来都没有收过这么多花，真好看。"

凌浩突然踏上阳台，拉开窗户："妈，你不是最喜欢看我变魔术吗？我再给你变一个吧！"

没等庞恩典反应过来，凌浩瞬间仰面跌下阳台，急速坠落，重重地摔在一堆写着"凌浩去死"的花圈上。

俞静和老田因为"绑架"迟成并直播的事，被拘留了几天。他们从派出所出来那天，街道上站满了前来支持他们的人。

那天很冷，每个人都穿着厚厚的衣服，戴着口罩，耳朵和手被冻得通红，大家沉默而有序，高高举着标语和横幅——"性侵可耻""你不是一个人""我们都在""Girls Help Girls""正义会来""受害者无罪"……

俞静边走边朝大家鞠躬，她的目光突然停在一个女生的脸上，是齐傲雪。

齐傲雪摘下口罩，无声地用嘴型说："谢谢你。"

俞静坐上老田的车，目光失神地看着外面。老田时不时从后视镜看看她。

"回家吗？"

俞静垂下眼睛："我没有别的地方去。"

"你之后打算怎么办？"

"什么怎么办？"

"继续回那个学校，还是……复读？"

俞静没有说话，她看到一只小虫子困在车窗玻璃边缘，走投无路的样子，她刚要伸手碾碎，又停下了，打开车窗把虫子放了出去，一阵寒风哨声一样钻进车里。

"何器应该希望你继续读书，把她其他没做完的事做完，没去过的地方都去一遍。"

俞静朝手心哈了口气，从兜里拿出手套戴上，习惯性卷了一下边。

老俞家的不锈钢大门开着，俞静推门进去，看到房玲做了一桌子热腾腾的饭菜。老俞坐在炉火旁沉默地添煤。屋里暖烘烘的，热得俞静的耳朵有些发痒，小婴儿在一旁的摇篮里静静睡着。俞静没说话，转身走向卧室。

"这么大的事怎么都不和我们说呢？"

老俞冷不丁问了一句，俞静的背一僵。

"哪件事？"俞静转过身，冷冷地看着老俞，"是我变成何器去报仇那件事，还是我被凌浩强奸那件事？"

听到"强奸"，老俞眉头一皱，用铁钩把炉火盖覆在炭火上，压上烧水壶。"过去了，都过去了，以后别提了，好好在家……"

"什么过去了？怎么就过去了？你连听都不敢听，知道我这几年是怎么过来的吗?！"俞静还是忍不住红了眼眶，"就是因为我知道，我就算说了也没人会信我，就连生我养我的爹，都不可能帮我做什么！我只能忍气吞声地活着。只有何器，她不想让我白白受这些委屈，她帮我却把命搭上了，那我也不能让她白死！"

俞静抿紧嘴巴，好像用完了所有的力气："我累了，先睡一会儿。"

俞静推开门，发现屋里竟然被收拾成了自己的卧室。墙上挂着她的高中毕业照和奖状，何器送自己的那只海螺摆在床头，桌子上放着她破破烂烂的课本和一个没有拆封的《盐洋市实验高中2020 届毕业纪念册》。

俞静关上门，坐在床上，闻着屋里熟悉的气味，耳边传来一阵若有若无的风声，她走到窗边，把窗户关好，屋里瞬间一片寂静。

俞静瘫在床上，盯着一束光静默了一会儿。她发现自己已经很久没有这样静静地躺一会儿了。空气中细小的灰尘和纤维毫无挂碍地轻轻翕动，阳光洒在她的手臂上，像一块干燥的热毛巾。她突然觉得很累，又很轻松。

这是种怎样的感觉？从决定成为何器的那一刻起，到现在，发生了太多不可思议的事情。像蒙着眼罩毫无防备地上了战场，耳边只有风声，无数利器藏在风声的后面，一开始以为无法战胜的敌人竟是巨蟒身上的一个鳞片。而现在，摘下眼罩的现在，居然看到这条巨蟒瘫在地上苟延残喘，血流成河。

何器，你看，我们并非孤身一人。

俞静戴上耳机，拆开那本毕业纪念册，耳边传来何器最后唱的那首歌。

> 踏上一个人孤独的旅程
>
> 伙伴什么的暂时不需要啦
>
> 在小道的角落里遇到了一只猫
>
> 它那双无依无靠的眼睛在哭泣着
>
> 好像在说：让我看看你的梦想吧，拜托了
>
> 虽然我也不怎么靠谱
>
> 但也不是在放空话哦
>
> 你就跟我一起走吧，虽然前方肯定会遇上暴风雨
>
> 但是有我在就没问题哦
>
> 就这样一直走向大海吧
>
> 就算碰上怪兽也没什么大不了的
>
> 到时候我会用我不怎么靠谱的爪子
>
> 拼命保护你的哦
>
> 要是能够说出这样的话
>
> 我们肯定可以变得更坚强的

这次一定要一路向前

向那些在阴霾中度过的日子说再见

如果还是感到害怕的话

能否让我枕在你的怀中睡一觉呢

迎面而来的暴风雨

深深刺进我的眼睛

就算残酷的现实

使我们遍体鳞伤

原本无趣的日子竟变得如此惊奇

就让旅途永远继续下去吧

…………

俞静翻到（27）班那一页，正面是全班的毕业合影，所有人都在阳光下灿烂地笑着。背面是（27）班课堂俯拍，对应着座次和姓名。再往后翻几页就是全班的毕业留言和签名。

俞静看着自己的手指滑过一行行手写留言——

"未来见！——周言阳"

"祝大家前程似锦，勇攀高峰。——徐勤勤"

"希望我的兄弟们吃嘛嘛香，身体倍儿棒！——迟成"

"我来，我见，我征服。——凌浩"

"高考快点结束吧！我想去看看外面的世界！——俞静"

"希望我和俞静考上大学，当一辈子好朋友！——何器"

…………

俞静嘴角露出微笑，翻到俯拍的课堂照片细细看着，突然她的手指一顿。

第二排靠墙的桌子上静静放着一个暗绿色的小盒子和两枚荧光绿的耳塞，这正是当初她和何器、齐傲雪找遍全班都没有发现的米度狗耳塞。

俞静指尖颤抖，停在那个名字上——杨百聪。

她往后翻了一页，在手写留言页面，目光死死钉在"心怀恨意才能志向远大——杨百聪"这一行字上。

每一个"口"都写成了"D"的形状。

29.
拧紧

这种窒息是从什么时候开始的呢？大概是从初中，因为在初中以前，他们兄弟俩的位置是倒过来的。

离高考还有两个月，晚自习，黑板上写着密密麻麻的作业，连后排的人也开始翻书了，整个教室弥漫着一种默哀的氛围。

老田从后门走进教室，把三模排名表贴在了黑板旁边，悄无声息地转悠了一圈，撂下一句"在每一道错题旁边写清楚犯错原因，拿回去给家长签字"就出去了，教室里的抱怨声像风吹荷叶，凌乱乍起又很快恢复平静。

杨百聪盯着自己的试卷看了五分钟，然后从笔袋里拿出马克笔，把"盐洋市高三校际联考（三模）数学试卷"这行印刷字涂成一条黑黑的粗杠，在上方一笔一画写了两个字——"遗书"，接着又在下面写了一行小字——"如果有一天我死了，凶手就是这张试卷"。

他认真地对折，叠成一个方形的纸包，从桌洞里拿出一个阿尔卑斯棒棒糖的小铁盒，把"遗书"放进去。

里面已经有十几封"遗书"了。

下课铃声响起，很多人瞬间冲到黑板旁边看排名，杨百聪默默收拾书包，推开人群走出去了。他不想看也不用看，因为周言阳肯定又是第一，自己又在十名开外。

经过食堂的时候，杨百聪买了个肉夹馍放进书包。他知道，今天晚上的饭他吃不好的，母亲会各种使脸色抱怨，父亲杨顺民会拿筷子一下一下敲着他的碗沿，说："杨百聪啊杨百聪，你就是洋相百出，百无一聪。"这还不是最可怕的，最可怕的是下半句："你看看人家周言阳，吃糠咽菜聋一只耳朵都能考第一，咱家虽然不怎么有钱，但也没少你吃少你穿吧？你考这两分对得起谁？"

每次听到这句话，杨百聪的耳朵都嗡嗡的。他宁愿父亲打他一顿，往死里打，也不想听见父亲拿自己跟周言阳比。然而杨百聪知道，只要他活着，这种比较就不会停止，还会变本加厉。现在和周言阳比成绩，将来就会比大学、工作、工资、房子、老婆、孩子、孩子的成绩……永无止境。

因为周言阳是杨百聪的表哥。

幸好没有人知道他们的关系，两个人也都很默契地没有跟别人说过，周言阳大概是觉得没必要，而杨百聪是怕这种"比较"还要蔓延到学校、课堂，那他就真的要窒息了。

　　这种窒息是从什么时候开始的呢？大概是从初中，因为在初中以前，他们兄弟俩的位置是倒过来的。

　　老杨家有两个孩子，大姐杨顺芳就是周言阳的母亲，从小就长了一副苦相，干巴巴的，吃多少玉米糊地瓜干也胖不起来，上完小学就跟着母亲在码头上卖货，宽阔的薄衫长裤罩在身上，海风一吹就只剩头和脚还在原地，其他部分都在呼啦作响。二十岁出头就认识了船员周亚军，周亚军天天往杨顺芳的货摊上送船队刚打上来的新鲜海货，一来二去两人就好上了。

　　那是船队最风光的时候，船员待遇也好，周亚军提亲给足了老杨家面子。谁知道结婚没两年船队就解散了，周亚军用补偿款和这些年攒下的钱买了一艘木质渔船，当起了渔民，凭着精壮的体力和经验，头两年还算可以，但是单干毕竟不如团战，又累又苦，风险也大，周言阳出生后开销一下子大了好几倍。再加上木质渔船在水里泡久了，木缝吸饱海水，船身就不稳，一个大浪过来比海盗船还晃，有时候还会把刚拉上来的海货掀回海里，日子就更紧巴了。好在杨顺芳是个会过日子的女人，精打细算，几年下来，没存下什么钱，但也没欠钱。结果周言阳三岁那年查出来右耳失聪，不管是治耳朵还是戴助听器都得十几二十万。

　　那段时间，周亚军经常一个人躲在船上喝闷酒，皮肤晒得跟老渔船一个色，喝多了就要出海，说要多赚点钱给儿子治耳朵，谁劝都不听。周言阳五岁那年，周亚军出了趟远海，三四天没联系上，海警都出动了。没过几天，船找着了，但人没了，船底破了个大洞，船舱里的锅碗瓢盆被掏得一干二净，挂满了海藻螺壳，泥沙淤积，腥臭弥漫，像个从深海里捞出来的墓碑。

按照杨顺芳的意思，这船还是留下了，用好几根铁链拴在离码头不远的废弃渔场，那里鲜有人去，清静得像个墓园。杨顺芳从小就跟周言阳说，你爹人没了，这船就是你爹的坟，他是因为你死的，争口气，别让他白死。

周言阳越长大，越明白母亲话里面的另一层意思——别让杨顺民那家人好过。

因为父亲出海那天晚上，先带着两斤咸鱼干去了趟杨顺民家，想借十万块钱，这是他这辈子第一次开口求人。结果不知道杨顺民说了什么，周亚军那天喝得酩酊大醉，非要出海不可。

虽然说周亚军不是杨顺民杀的，但人死了，总要有个地方安置恨意。再说这口气，杨顺芳已经憋了几十年。

杨顺民只比杨顺芳小一岁，从小就是个大胖小子，家里唯一一张全家福上，他裹得像个豆虫，坐在父亲的腿上，跟竹竿似的父母和姐姐相比，像是捡来的孩子。

小学的时候，杨顺民学习不算好，唯独算数算得快，一百以内的加减法小胖手一扒拉就算出来了，一到过年有亲戚来串门，杨顺民就要被叫出来表演算数。"神童"的帽子一扣，老杨就下了个决心，砸锅卖铁也要供杨顺民上大学。所以杨顺民从小就没洗过一个碗一件衣服，他只需要学习，哪怕犯了天大的错，只要说一句"我晚上还得写作业"，老杨的巴掌就会收回去，碗里还能多一块肉。

就这样一路宠到高考，杨顺民使出吃奶的劲考上了本市一所大学的本科，学会计。拿到通知书那天，老杨老泪纵横，宴请全村，说这么多年辛苦没白费。那一天，杨顺芳跟着母亲在院子和厨房穿梭了一整天，连口热饭都没吃上。

杨顺民毕业后，老杨托关系把他送进当地一家小银行当柜员，熬了几年终于熬到了一个管理部负责人的位置。老杨去世的时候，立了遗嘱，所有遗产给杨顺民，还给他留了一句遗言："以后，多帮衬帮衬你姐姐，她命苦。"

杨顺民听了父亲的话，这些年没少"帮衬"。在杨百聪上小学那会儿，每到逢年过节他都会带上杨百聪去给杨顺芳一家送东西，杨百聪穿不下的衣服鞋子、单位多发的油盐米面、用不着的家具电器、不值钱的挂历赠品，每次都轰隆隆装好几大袋。杨顺芳会收，嘴上也说着谢谢，但两家人都心知肚明，这种帮衬并非出于承诺或是同情，而是一种优越感。杨顺民每次上门，都会特意带上杨百聪的成绩单和他这一年参加某某演讲比赛、书法比赛、画画比赛的证书，花上半天时间夸儿子随自己，从小就爱学习，争气，说不定是个画家苗子。

他当然知道杨顺芳没钱送周言阳去培养特长，他想看的就是姐姐脸上那种羡慕与嫉妒交织的复杂神情。这种神情伴随他长大，戒不掉了。

每到这个时候，周言阳就会默默躲到一边，故意用右耳朵对着他们。这样既可以保持礼貌，又可以屏蔽这些不想听的声音。兄弟两人也几乎从不交流，在杨百聪为数不多的记忆里，周言阳家总是很臭，白衣服走几步就蹭脏了，沙发也是潮潮的，有股咸鱼和烂苹果交织的腐味，以致他每次待一小会儿就要跑出去透透气。

他不知道，这些微小的蹙眉和看似正常的举止，都如钢刺般默默刻在了周言阳的眼里。

周言阳是听着母亲的抱怨长大的，一度他也非常痛恨不公的秤砣为什么要砸在他们家。但是他越长大越觉得，这些都没有什么意义，他当然理解母亲的恨意，也理解舅舅的傲慢，可那是上一辈人留给他们的恩怨种子，不浇灌自然就会死掉，为什么还要日夜栽培成伤人伤己的荆棘？可他不敢和母亲说这些，他知道那些毫无新意的絮叨是母亲给自己心里那道口子贴的创可贴，没什么用，但总比没有好。

所以周言阳想得很清楚，既能治好母亲心病，又能把自己带离这种境地的唯一途径就是学习。学习，是一件不需要被出身决定的事情。只要考出去，就能跟母亲永远离开这里。

杨顺民从来没有想过，有一天自己的优越感会断在儿子这里。

初中之前，杨百聪还一度戴上了三道杠，毕业考试考得也不错，和周言阳进了同一所公办初中，排名前十，而周言阳的排名两页纸都找不着。但是从初二开始，杨百聪的成绩一度掉到了几十名开外，然后就像老牛拉破车一样，怎么拉都拉不动了。周言阳却恰恰相反，初二之后，成绩跟个子一样突飞猛进，不仅远远甩下杨百聪，还时不时能冲到前三榜。

初三开学，全校中考动员大会，学校给全体初三学生分了类，以现有成绩为基准，中考稳过的发绿徽章，需要拼一把的发黄徽章，可能要考虑去职高的发红徽章。

杨顺民从教室出来，看了看手里的黄徽章，连同杨百聪的成绩单一起扔进了垃圾桶。杨百聪低着头跟在他身后，迎面撞上了戴着绿徽章的周言阳母子俩，两家人随口寒暄了几句，还没聊到成绩，杨顺民就借口走了。那种自豪和扬眉吐气的神情他太熟悉了，只是他从未想过，这个表情有一天会出现在杨顺芳的脸上。

那天以后，杨顺民对杨百聪的失望终于引爆成焦虑。两家人的走动也变少了，但"周言阳"这三个字却越来越多地出现在了杨百聪的耳边——

"周言阳数学能考满分，你为什么连个公式都记不住？"

"买衣裳？周言阳有几身新衣裳？你就是脑子里净想这些学习才不好的。"

"还看电视！还偷着画画！有这个工夫能不能学学周言阳？人家吃饭都在看书！"

"你能不能给老子长点脸？你想下半辈子被周言阳压着？"

"周言阳中考第一志愿是实验高中，你要是考不上就别回来了！"

"人这一辈子就是在一棵树上爬，往下看都是脸，往上看都是屁股，你想看脸还是看屁股？"

…………

杨顺民似乎找到了一个极好的出口，无论是被领导打压、被同事挤对、被客户羞辱，还是买菜少找了钱、天气不好、饭太咸，都可以一股脑地扔进"都是因为你学习不如周言阳"这个深不见底的大缸里，再扣上一个"就等着你出人头地"的水泥盖，踩两脚。这种畸形的恨意一圈圈拧下来，越拧越紧，成了杨百聪一想就能疼一身冷汗的紧箍咒。

中考前夜，杨百聪跪在自己的课本前，把能叫得上名字的神仙都求了一遍，甚至愿意拿出一半的寿命去换考进实验高中的资格。不知道哪个神仙好心，被他的恐惧打动，让他压线进了实验高中。

可是高中的课业压力和风起云涌的竞争是初中的数倍，想要挤进班级的婆罗门阶层，绝不仅仅是努力就可以达到的。杨百聪感觉自己就像一个一辈子没下过水的人，突然要和一群游泳冠军抢一条鱼，而那条鱼时不时就会自己游到周言阳的手里。

有那么一阵子，他甚至羡慕起周言阳的苦难。他觉得周言阳的优秀就是苦难带来的，失聪的耳朵、早逝的父亲、苦难的童年、沾满泥点子的布鞋。书上不是说吗，"天将降大任于斯人也，必先苦其心志，劳其筋骨，饿其体肤"。周言阳那种置之死地而后生、绝无退路的拼劲，平顺长大的人很难靠想象获得。一定是这里出了问题。

所以杨百聪也开始了某种隐秘的"自虐"——不让自己吃饱以保持清醒，大夏天跑完操故意不脱外套，走到哪里都抱着书，晚上躲在被子里打着手电做题到凌晨。他甚至想过要不要把耳朵也弄聋一只，这样就可以屏蔽杂音，让自己更加专注，后来觉得太疼就放弃了。他在网上搜到一个叫"米度狗"的耳塞最好用，所以囤了好几盒，走到哪里都戴着。

这样持续了一段日子，他的成绩果然有所回报，一度挤进了前十，这让他看到了一丝希望。为了能加快这个进程，他又想到了一个办法，那就是让周言阳的成绩下滑。

他知道周言阳和何器谈恋爱的大部分时间都是在讲题，所以偷偷写了小字条给老田打小报告。没过几天，何器的爸爸来学校找了周言阳好几趟。这件事确实对周言阳造成了影响，但他除了话越来越少，脸越来越阴沉之外，成绩依然像钢铸铁打般纹丝不动。

那就只能利用迟成了。

迟成一般不惹好学生，小黄文征文一开始只挑了几个宿舍的男生来写，原本绕过周言阳了，结果杨百聪跑去说周言阳骂迟成猥琐。迟成最讨厌别人说自己猥琐，所以找人把周言阳堵在厕所打了一顿，还逼着周言阳必须写一篇出来，命题作文，就叫《海边奸杀日记》，女主角是何器，写不出来未来一个月都不会让他睡好觉的。周言阳默默权衡了一下，还是写了。他在网上随便找了一篇，但是没写名字。杨百聪趁他交之前，偷偷模仿他的笔迹把何器的名字写上了。

没过几天，这个本子被俞静和何器发现。就算她们不发现，他也会想办法让何器看到。果然，两人彻底分手，周言阳为此消沉了很久。杨百聪的成绩史无前例地逼近了周言阳，为此杨顺民破天荒地夸了他，还说，要是高考也能超过周言阳，就不干涉他报志愿。

胜利的喜悦从未如此逼近，再逼自己一把，拧到高考，未来的人生就会和自己的期待严丝合缝地咬合在一起。

但他万万没有想到，这所有的一切，都会毁在一枚小小的耳塞上。

30.

海雾

大海，沙滩，少女，鲜血。

操场外面那片小树林是杨百聪在某节体育课上偶然发现的。当时他正一个人对着墙练习颠排球，一下子用力过猛，球越过矮墙消失了。临近下课，杨百聪没时间绕一大圈出去，于是他想找几块砖头垫脚翻过去，走到铁栅栏附近的时候，发现了那个被藤蔓遮掩的豁口。

杨百聪也没多想，钻进去在小树林里找到了球，还发现了一个蘑菇形状的小凉亭，一桌一凳，静谧隐蔽，桌上平整的灰尘显示这里没人来过。杨百聪心里一动。这两天他正心烦晚自习没法好好学习，因为临近校庆，班里同学空前浮躁，只要老田一走，教室就乱得跟菜市场似的，连耳塞都无法隔绝，要是在这里学习就完全不用担心噪声，这也是一个非常适合"苦其心志"的地方。

于是当天晚上他就带着书和手电筒来上了一晚上的"自习"，除了蚊子有点吵之外，戴上耳塞简直完美，效率空前地高。所以第二天校庆结束后，他早早搬完架子，提前离开，想趁最后一节晚自习还没下课多学一会儿。

杨百聪看见有辆车停在小树林边上，但他没在意，以为是哪个老师的车。结果刚坐下没一会儿，就隐约听见有人争吵的声音。他看见凌浩掐着俞静的脖子，一下子把她摔进后备厢。

杨百聪赶紧按灭手电筒，心脏怦怦跳，他缓缓摘下耳塞，俞静的哭号像篦梳一样一下一下刮着他的耳膜，刮走了他的呼吸，他难以置信地听着，只觉得浑身发紧，僵在原地。

"性"对那时候的杨百聪来说，是和"龙"一样的存在——他知道那是什么，也了解具体的细节，就是没有亲眼见过而已。他也没那么好奇，因为迟成的本子已经满足了他很多想象。他只是没有想到，有一天这条"龙"会以如此恐怖而爆裂的方式出现在自己眼前。

当迟成也参与进来的时候，杨百聪彻底坐不住了，他悄悄起身，想赶紧离开这里。谁知手电筒吧嗒一声掉在了石桌上，又"吧嗒"一声滚到了地上，短促的撞击像有人对着他的心脏连开了两枪。

这一次神仙没有帮他。

凌浩把他从黑暗中揪出来，他第一次觉得凌浩无比高大，肚子挨了一拳之后，他痛苦地跪在地上，嘴里满是泥土的腥味，才意识到自己正趴在一个土坑里。

那天晚上究竟是怎么结束的，杨百聪记不清了，只记得自己除了点头之外一句话都不敢说，还有指尖的虚汗在皮座椅上留下的几道湿痕，夜晚的凉意缠住了他每一个毛孔。那条"巨龙"腾空而起，隐没在纵深的寒雾中，俯瞰着那个如破布般瑟瑟发抖的自己。

他原以为俞静至少会请假几天，谁知她从医务室回来就继续上课了，像什么都没发生一样。但俞静胳膊上的淤青和偶尔失焦的眼睛还是提醒他那不是一场噩梦。每当他的目光在俞静脸上多停一会儿，凌浩那刀锋一样的眼神就会把这道视线劈断。他知道，他必须隐藏得更深才行。但杨百聪无法停止后怕和猜疑，尤其是他看到俞静、何器和齐傲雪开始凑在一起，他立刻就明白一个隐秘的联盟正在形成，他们三个男生的处境并非像凌浩所说的那么安全。

某节体育课，杨百聪看到三个女生从小树林里出来，便悄悄跟在后面，一路上了教学楼的天台，他躲在一个遮阳板后面，隐约听见三人在说"录音笔""比凌浩矮"什么的，接着，他看见俞静手里的那枚荧光绿耳塞，它像一颗子弹一样钉进了他的眼睛。

"只要找到这个耳塞是谁的，我们就有把握了。"

　　杨百聪连滚带爬地下了楼，冲回教室，把自己所有的耳塞都扔进了厕所，又偷偷潜回到小树林，把那个土坑填平。然后他把看到的一切都原原本本地告诉了凌浩，并大着胆子"威胁"了一句：你们要是把我的名字说出来，我就会先自首，大家同归于尽！

　　凌浩当然不会傻到把他的名字说出来的，就杨百聪这个胆子，说出来不就是给俞静她们送人质吗？

　　那段时间，杨百聪再也无心学习，虽然凌浩说他已经把事情解决了，只要高考结束，俞静就会把那些录音归还，这件事就会永远消失在这个世界上。凌浩也确实没有把自己供出去，因为俞静她们并没有来找自己。但是杨百聪还是像被施了魔咒一样，上课再也无法集中精神，时常盯着课本发呆，身体因为惯性做着一张又一张试卷，但已经理解不了那些公式和单词的意思了。

　　一模二模三模，他的成绩就像绷太紧而彻底失去弹性的弹弓缓缓射出的一颗石子，石子重重落地，连弧线都没有。

　　高考的成绩单也不出所料地成了杨顺民甩在他脸上的一记脆响，但是杨百聪发现，无论杨顺民骂什么，他都已经不害怕了，也不觉得厌烦，他甚至有点怀念那些因为分数和排名而惴惴不安的日子。那种恐惧起码是明确的，是一个个数字，站在明处，只要多做几套卷子就可以战胜。而现在，他根本不知道自己在面对什么。那天晚上那团黑漆漆的寒雾一直萦绕在他的周围，目及之处只有他自己，隐没在迷雾深处的东西是什么，会在什么时候、以什么样的方式将他猎杀，他连想都不敢想。唯一确定的是，会引爆这一切的引线，将永远攥在俞静和何器的手里。

同学聚会那天，"海鲜凶猛"大饭店的顶层锦绣厅，全班同学都来了，除了俞静。那一天，大家看上去都很开心，没有了校服的拘束，每张脸都显得独一无二。老田尤其开心，毕竟是他第一次教出状元。那一天，周言阳出尽风头，每个人都过去向他敬酒，一张张稚气未脱的脸学着大人的样子说着"友谊地久天长""莫愁前路无知己"之类的话。

杨百聪已无心在意这些，他全部的心思都在何器的身上。如果真如凌浩所说，他已经跟俞静达成交易，那俞静为什么没来？为什么只有何器来了？而且何器看上去心情很不好，一晚上都心事重重地坐在角落，中间跟胡谦出去了一趟，回来时脸色就不对了。是不是凌浩有什么事没告诉自己？

杨百聪越想越不安，几次暗示凌浩出去凌浩都没理他。他只好不停地喝酒以抚平焦躁，却在厕所吐得天昏地暗。等他从厕所回来，聚会已经散场了，刚刚热闹非凡的宴会厅只剩周言阳一人趴在桌上酣睡。他赶紧追出去，终于在一处楼梯拐角听见凌浩的声音："我的船就在附近，到那里再聊吧。"

"做梦！"

杨百聪看见何器转身就走，突然间，一把匕首在她的腰间一闪，匕首的另一端握在迟成的手里。迟成喷着酒气，得意扬扬地说："喊也没用，这里是我家。就随便聊聊，不会怎么样的。"

凌浩的小游艇泊在一块巨大的礁石边上，还未涨潮，大礁石附近有几丛矮礁石嶙峋交错。杨百聪在岸边躲了一会儿，才悄悄靠近，找到了一处可以落脚的碎礁石，极力靠着船身。这是个完美的盲区，虽然看不见船舱，但声音清晰可辨。

"……喝多了，到海边散心，不小心失足坠海，定格在最美的年华，多好的故事……"这是凌浩的声音。

"你就算杀了我，我也不会告诉你卡在哪里的……"何器的声音听上去有些颤抖。

"你看，我就说她聊不通，非得鱼死网破，何必呢？"凌浩的鞋底敲击着空荡荡的船板，"你以为我真的不敢杀你对吧？你知道咱们这个海边每年淹死多少人吗？你以为多你一个会多吗？"

"凌浩，这些事迟早会被人知道的，你杀了我就要付出代价……"

"什么代价？有人看见你上我的船了吗？再说看见又怎么了？只要他敢出来，我连他一块儿杀！"

船身摇晃，杨百聪差点没扶住，失重让他不小心叫出声来，他赶紧捂住嘴巴。

这时船舱里突然传来一阵杂乱的响动，有人重重地倒在地上。

"放手！"何器短促地尖叫了一声，一个酒瓶摔碎。

海风夹杂着喘息呼啸而过，一阵漫长的沉默之后，何器的声音听起来空前冷静："这样吧，我想在死之前留个遗言……也不算遗言，就是想唱首歌，当作我最后的一段视频，给我爸留个念想……可以吗？"

"也行，毕竟同学一场，这点要求不满足也太小气了。"凌浩打了两个喷嚏，不紧不慢地说。

"用我自己的手机录吧。放心，我要是说了什么不该说的，你们可以随时删掉。"

凌浩走到角落，过了一会儿，《たちまち嵐》的节奏响起，何器清清嗓子，轻快的歌声传来。杨百聪惊讶地听着，何器仿佛一下子换了一个人，仿佛在她面前的不是生命的末路，而是一条通向糖果屋的鲜花小径。死亡倒计时的和弦却一下下敲在杨百聪的神经上，他感觉自己像一条攀附在岩石缝隙里的海葵，此时正皱缩成一团丑陋而渺小的黑色阴影。

"毕业快乐！"何器语气轻快地喊出最后这句，把杨百聪重新拉回神来。

"你要干什么！"迟成突然大喝一声。

"发空间啊。"何器的声音没有一丝温度，"你们傻吗？航海记录仪不会骗人，你这船停在这里这么久，我又刚好在这个时候淹死，就算是意外，不觉得太巧了吗？我把视频发出去是帮你们洗脱嫌疑，证明我在这里的时候一点事都没有。"

凌浩和迟成沉默了一会儿，把手机还给了何器。

几十秒后，手机闪着一道寒光，咕咚一声掉进了深不见底的海里。

凌浩和迟成慌乱地跑向甲板。杨百聪赶紧捏住鼻子，把身体浸到黑漆漆的水里，双手紧紧攀住礁石壁。上面传来嗡嗡嗡的争吵声。

"你他妈想干什么?!"凌浩作势要跳下去。

"捡上来也没用，已经进水了。"何器冷笑一声，"我刚刚在视频里发了求救暗号，如果我今天晚上没有活着回去，会有人不计任何代价替我报仇的。"

"谁?!"凌浩气得大吼一声，"你爸? 周言阳? ……总不能是俞静吧? 就她一个女的能怎么样……"

"不信你可以试试看，赌一把，用你们俩的命赌。"

杨百聪憋住气，一点一点挪到大礁石的另一侧，攀在一处略为平坦的岩壁上，才敢小心翼翼探出头来，仔细听着甲板上的动静。

"这样吧，"凌浩长长地叹了一口气，"我们不搞这么复杂好不好? 我的目的其实很简单，就是那张卡，你的目的也很简单，活着回家，对吧? 不如我们各退一步，说说你要我们怎么做，才会把卡给我们。"

何器想了想，刚要开口。

"等一下，"凌浩掏出手机，"我录下来，咱们谁也别耍赖。"

何器点点头："我的要求很简单，只要你和迟成跟那些你们伤害过的女生挨个道歉，发自内心地道歉，尤其是俞静，我就把那张录音卡还给你们，不会留底，不会曝光，这辈子老死不相往来。"

"好，我答应何器的条件，用我的前途发誓。"凌浩咬牙切齿地说，然后把手机扭到迟成脸上，"该你了！"

迟成的声音很小："我……我也答应。"

"那就一周之后，码头见。"何器转过身，跳到一旁的礁石上。

"哦，对了，"何器突然停脚，杨百聪赶紧缩起身子，一阵海风把何器的话撕得粉碎，但还是一片一片砸进了杨百聪的耳朵，"那天晚上第三个人是谁？"

凌浩顿了顿："是杨百聪。"

"那他也得一起道歉，不然我不会还的。"

"好，那个尿包交给我就行。一言为定。"

"一言为定。"

杨百聪突然感到一阵巨大的凉意裹住全身，低头发现海水不知什么时候漫到了胸口的位置。他呆在原地，感到双手一阵剧痛，他这才发现自己的手指被岩石上的粗砺贝壳划出无数道细小的口子，几道血丝随着海水的流向不断涌出。但他顾不上了，他现在满脑子都是何器那句话。如果自己的事被知道了，就完了，一切都完了。以他对杨顺民的了解，把他剁了喂鱼都是有可能的。

想到这里，杨百聪的目光冷却下来，他紧紧盯着何器逐渐离开的背影，那条裙子在他通红的眼里摇晃成一条墨绿色的绞索。他轻轻跃下礁石，两脚踏上柔软的沙滩，弓着腰，双手垂在两侧，起伏的海浪往他手心里送了一块尖锐的石头。

他在心里默数，本想等何器走远一点再跟过去，谁知迟成突然从礁石的另一侧冲出来，一路狂追上何器，两人争执了几句，迟成猛地把何器推倒在地，一阵扭打之后，何器突然不动了，迟成瘫倒在一边，一边叫一边连滚带爬地跑了。

杨百聪在海水里待了好一会儿，才敢确认刚刚发生了什么。他看了看四周，确认没有人过来，才快速朝那里走去。

何器一动不动，头枕在一摊缄默横移的血水边缘，已经没了鼻息。那条墨绿色长裙的褶皱在风里瑟瑟发抖，像一丛集体死亡的叶子。

杨百聪转头望向黑黢黢的海面，凌浩的船已经不见了，一大团海雾从深渊处逼近，如临终巨人缓缓吐出的最后一口烟圈。

要涨潮了。

他突然觉得这个场景似乎在哪里见过，这所有的一切都像预言般从无数个远方赶来，让他不得不想起周言阳写在迟成本子上的那篇文章。

大海，沙滩，少女，鲜血。

是啊，反正都已经死了，为什么不帮帮我呢？

　　杨百聪把何器放到一块厚重的防水布上，拽住一角在涨潮海岸上一点点拖行。那个拴着周言阳家破木船的废弃渔场就在不远处，只要何器的尸体在那里被发现，周言阳就脱不了干系。就算最后被证明清白，也可以给他留下污点和足够大的心理阴影。

　　海浪的声音盖过了拖行的沙砾杂音。杨百聪不敢回头，闷声拉扯着。他知道，接下来的日子，他再也不能回头了。

　　那艘木船略微倾斜，几条生锈的粗锁链斜插进厚厚的沙中。船篷低矮，早已裂开漏风，船舱依然空荡荡的，手指宽的木板缝隙和积水的凹槽里有贝类安稳地憩着，暴晒后的温热与沙土蒸腾的湿气相遇，让这里弥漫着一股深井的气息。

　　杨百聪弯腰把何器的尸体搬上渔船，安置到船舱中，轻轻鞠了一个躬，然后猛地扯开她的衣服，想要制造强奸未遂的假象。

　　突然间，何器的睫毛动了一下，缓缓睁开一道眼缝。

　　“救我……”

　　杨百聪吓得瞬间弹起身子，头猛地撞上了篷顶，一阵细沙簌簌落在何器的脸上。

　　“救我……”何器轻轻移动手指。

　　杨百聪浑身发抖，难以置信地看着眼前的一切。突然间，他的手像不受控制一样卡住了何器的脖子。

　　"对不起！对不起……何器对不起……对不起！我不能让你说出去……对不起！我不是故意的……对不起……"杨百聪边哭边喊，紧紧闭着眼睛，双手聚集了此生最大的力气，仿佛他正在和一只深海的巨兽搏斗。

　　不知过了多久，周围再次恢复寂静，耳边就只剩风声了。杨百聪一眼都不敢看，拖着发软的双腿爬出船舱，一头栽倒在沙滩上，用尽最后一丝力气逃离了现场。

　　尽管何器的尸体不是在船舱里被发现的，但是船舱里的搏斗痕迹，还有卡在缝隙中的贝壳项链都让周言阳成了第一嫌疑人。为了不查到自己头上，杨百聪做了周言阳不在场证明的伪证，再加上凌浩和迟成的帮腔和指证，以及他们私底下对杨顺芳的威胁，周言阳认命了。

　　但是杨百聪的人生并没有因此好起来。那天之后，他总是会做一个噩梦，梦境里，有一条巨大的触须从黑雾中缓缓探出，缠住他的脖子和全身，把他往深海里急速拽去。

　　杨百聪拒绝复读，杨顺民只好把他送去省会一所技校学会计。学校的教学和住宿环境都不好，十个人的大通铺，无论冬夏，屋里的诡异气味都散不出去。但是杨百聪很喜欢这样人多的地方，甚至只有听着周围的噪声才能入睡。

没事做的时候，他会坐在床上盯着那扇咯吱作响的木门发呆，他在脑海里预演了无数次警察撞门进来给他戴上手铐的场景，所以当这一幕真正发生的时候，他一脸平静，从床下拿出自己最喜欢的一双鞋子穿上，然后伸出双手，释然地笑了一下。

警方再次勘验了那艘渔船，发现除了船舱两侧有指甲挠痕之外，还有一处。它位于船舱篷顶的上侧边缘，之前被淤积的海藻遮蔽，不仔细看很难发现。但这个划痕的位置和方向都很奇怪，像是有人抱着何器试图离开船舱，何器拼命挣扎用力抠住篷顶造成的。但是根据杨百聪的描述，何器自始至终都没有站起来，也不可能有力气抠出这么深的痕迹。

直到警方核对了当晚的天气和潮水情况，这个谜底才被揭开。

当晚，杨百聪离开之后，海雾消散，明月高悬，潮水一点一点漫过船舱，悄悄裹住这座干涸的"墓碑"，将何器轻轻托起，直到她浮到靠近篷顶的位置，海浪纵向推移，试图把何器带离船舱。

也许就在那一瞬间，何器再次醒了，她发现自己躺在一片没有边际的海水中，像一只摊平的千纸鹤，破碎的银光与她隔着薄薄的水面对峙，周围气泡升腾，四肢浮游，像忘记了生长。突然，她的指尖触摸到了那个坚硬而粗糙的篷顶，那是这个世界留给她的最后一个确定的东西，她用尽浑身的力气抠住了边缘，如同用尽最后一丝生的意志，与整片无辜的海洋角力。

人们再也不会知道，最后带走何器的，究竟是哪一股潮水。

31.
盛夏

这一年我最大的改变就是，我不想假装做任何我不想做的事。

　　亲爱的何器：

　　展信佳！

　　盛夏又来了，在你去世一年之后。很多东西还和以前一样，四季还是四季，海也在原来的地方，只是我们经常坐的 37 路涨到了两块钱，司机大叔的模样又老了一些。前几天我去了北京，这个我们约定好要重逢的地方，现在只剩我一个人。

　　去年那件事结束之后，网上好多人找我，他们经常给我留言，说很多鼓励的话。有一个复读学校找到我，说只要我愿意，就可以免费在那里复读。地点不在盐洋，我想都没想就答应了。

　　收拾行李箱的时候，我几乎把我所有的东西都装进去了，我爸好像感觉到什么似的，一直在旁边帮我收拾，说一些"好好吃

296

饭好好睡觉"之类的话，我不知道该说什么，所以就什么都没说。倒是那个小男孩，突然在车开的时候叫了我一声"姐姐"，我说不上来是什么感觉，不是心酸也不是难过，反倒有种轻松的感觉。听上去是不是有点冷漠？我不知道，这一年我最大的改变就是，我不想假装做任何我不想做的事。

复读还是挺苦的，我都不知道你以前是怎么做到背下那么多单词还有公式的。那段时间我几乎不怎么睡觉，没日没夜地学。对了，周言阳也在这个学校，他从监狱出来后，律师帮他申请了很多赔偿，他和妈妈搬出了盐洋。他还是想考清华，所以比以前更加努力，话也比以前多了很多，还时常借笔记给我，我们偶尔聊天，但都很默契地没有聊过关于你的事。

半个月前，周言阳跟我说他考上了，以他的性格和努力，应该会有一个美好的人生在等着他。但我的高考成绩不算太好，勉强上了二本，好在还是考上了北京的一所学校，我才能在这样一个漫长的下午，坐在空无一人的宿舍给你写这封信。

宿舍窗户正对着一条河和一个小公园，可惜被两栋高楼挡着。这两天的晚霞都很漂亮，总是能从楼缝里露出金灿灿的光来，现在刚好有一束光打在地板上。

突然写这封信给你，是想告诉你一些好消息。

前两天老田给我打电话，说凌浩醒了，他从七楼跳下去，摔断了脊椎，一直昏迷，所以没法判刑。他现在还不能说话，但是对周围有反应，听到你名字的时候还哭了。我和齐傲雪、徐勤勤正在准备起诉材料，放心，他要付出的代价一点都不会少。

杨百聪被判刑了，故意杀人未遂，判了八年。他爸爸提了几次上诉，都被驳回了。不过已经没有什么人关注这件事了，网上的报道都很短，图片也很小，据说他的精神状况不太好，照片上看已经瘦得没了人形。

还有你爸爸，他没有失明，但是视力退化很严重，没法做饭。饭店卖出去之后就在家里写食谱。我刚刚看了他的微博，好像过段时间就会出版。

至于老田，他过得也不太好，学校把他辞退了之后，老婆也跟他闹离婚，他正在竭力挽救，希望能够留下好月。

迟成家的饭店下个月就要拆，听说之后要建成一个海洋图书馆，感觉你会喜欢。总之，这些事情接二连三地发生，让我恍然觉得命运好像是公平的。但只要一想到你，这句话又充满矛盾。

那天，我偶然读到一本写奥斯威辛的书，书里有一段话让我深受震撼——

"你会不会感到惭愧？因为自己替代他人而活下来？特别是，死去的那个人比你更慷慨、更敏感、更有用、更聪明、更具有活下去的意义？"

　　我盯着这几句话久久不敢移开眼睛，因为它们完整地复拓下那个一直折磨我的心病：某种程度上，我是代替你活下来了，但我并没有变成一个和你一样优秀的人。

　　我无法停止想象那个有你的世界，电影院新出的海报、某一个旋律开始流行、商场的洗衣粉打折、一个巨星去世、几头大象迁徙、咖啡泼在身上留下痕迹，即使你在，这些还是会出现。但我们无从得知那些再也不会发生的事，比如一条尚未出生的游鲸坠入深渊，一朵云彩变成一个没被命名的字母，苔藓长在地球的中央，人们吃蓝，说着松鼠的话，在海平面上搭建家园，这些再也不会发生了，还有你漫长的、理应浪费的一生。

　　我记得你以前常跟我说一句话：人要是能活两次就好了，一次用来听话，一次用来反抗。

　　我当时并没有听懂你这句话背后的无奈，直到现在，经历了这么多，我似乎也回答了你这个问题：就算只活一次，也可以拥有两次生命——一次是我，一次是你。因为有很多事情，我是成为你之后，才开始想的。

　　如果是以前，我绝对不会独自一人来到一个陌生的城市生活，不会反思很多东西是否合理，现在的我甚至不再害怕死亡。这也不是勇敢，而是某种隐秘的"超能力"，就是只要想到你，想到"如果是何器，她会怎么做"，很多问题就会迎刃而解。即使是现在，你离开整整一年之后的现在，这个超能力依然保护着我。

听楼下卖菜的阿姨说,这个夏天意外多雨,和以往的北京很不一样,没那么大的太阳,却让我觉得熟悉而安心。

我喜欢在临近天黑的时候,沿着学校旁边的那条河行走。河水并不清澈,是深不见底的墨绿色,盯着看很久才会发现它在流动。干涸的灰白河床上有许多一踩就碎的螺壳,垂钓的人错落坐着,挥手驱赶蚊虫。晚上七点路灯就会亮起,每到这个时候,附近的居民都会举家出来遛狗或者散步。空气里的潮湿腥气,带动叶片簌簌而来的微风,会让我恍然有种还在盐洋的错觉。

你爸爸从小给你录的那些卡我拿走了一些,还有一部分被烧毁了。我想你的时候就会随机拿出一张,点开里面的一段录音去听。大部分都是你走路的声音,有时候是我们一起,有一搭没一搭地聊着天。吱吱啦啦的杂音后面有踢踏舞一样的雨,皱在一起的雪声,落叶碎成冰碴,蝉鸣忽明忽暗。我时常边走边听,好像你就在不远处,随时会像以前一样从后面追上来,帮我整理衣领,或者静静地拉住我的手。

昨天下午出门,太阳还未落山,余温照得所有人都是黄灿灿的,连水波都是金色的。我站在桥上向下看,身后突然传来一阵笑声,两个六七岁的女孩互相追逐,从桥的另一头飞快地奔向我,快撞上我的时候又敏捷地躲开,然后拍着手咧开嘴大笑。那一瞬间,真的像极了我们童年的某个场景。耳机里刚好传来我们小学五年级放学一起回家时的一段对话,那好像是我们第一次聊到死亡，你含着奶糖一样的声音问我："俞静，你下辈子想当什么？"

我说："一盏路灯吧，开心就亮，不开心就不亮。"

你过了很久才说："我想当一只海鸟。"

何器，愿一切已经成真。

俞静

2021.7.16

番外
灯火

长大之后你沉默了很多，像俄罗斯套娃一样，把这个快乐的小孩装进了沉闷的木壳里。

俞静，告诉你个秘密，其实早在我爸爸带我找你之前，我就想和你交朋友了。

那时候你是班长，所有人都听你的，费老师都没法让我们喝牛奶，你总是能想出各种各样的小游戏让我们喝。我还记得你总是喜欢穿一双蓝色的帆布鞋，跑起来像踩着两只蓝色火焰的风火轮，两只大眼睛藏在碎发后面，好像时刻都在想着什么。而我吃的那些药总是让我晕乎乎的，时常记不清自己在哪儿，更别说学黑板上的那些数字和字母了。

那时候我爸妈一点都不指望我能考上大学，觉得能识字就行。所以回想起来，那是我人生中最轻松的一段日子吧，不是为了某个目标活着，可以肆无忌惮地睡觉，不想听课就趴在桌上，看阳光穿过树叶打在墙上形成的亮片圆洞，或者盯着乱糟糟的积木在脑海里搭着，抑或是找"脸"——我能从桌子的花纹、窗棂的铁锈、剥碎的蛋壳、墙上的脏污里看出各种各样的"脸"，这后来也成了我们之间最喜欢的游戏之一。

我时常看到你在窗外跑来跑去，就算是一个人也玩得很开心，现在的你已经忘了吧？长大之后你沉默了很多，像俄罗斯套娃一样，把这个快乐的小孩装进了沉闷的木壳里。那时候，我喜欢闭着眼睛，从一堆结着汗水的笑声里辨认你的声音，直到有天，你的声音清晰地传到我的耳朵里："你吃的是什么药？我可以尝尝吗？"

我慌张地看着你，不知道该怎么回答，只好摇摇头，继续趴着。我好后悔没有和你多说几句话，幸好后来我爸爸带我去找你，我才没有错失和你成为朋友的机会。

那时候我还不理解什么是朋友，只能一点一点辨别你出现后我生活里的变化。比如以前我做游戏总是落单，只好默默躲到一边去，而现在，会有人第一时间冲到我身边，把我拉到最中央的位置。比如你得知我因为舌头短发音不清楚，不仅没有像其他人一样逼着我练好，反而告诉我："你说不清楚也没关系啊，你可以唱歌，唱歌就没必要吐字那么清楚了，说不定还能比别人唱得好。"如你所见，我现在唱歌很好听。再比如放学后，我也不是一个人在教室里等到天黑了，你会趁着这段时间拉我去附近的地方冒险，去废墟捡"破烂"，或者再远一点，去沙滩教我用铲子挖蛤蜊。

有一件事你一定忘记了，因为我跟你提过几次你都没有反应，但那是我们第一次接近死亡。

那天放学，我们在废墟捡马赛克瓷砖，我因为捡得太过专注，走到了一个偏僻的土坑后面，根本没有注意到周围的环境。当时有一片蓝色的马赛克瓷砖嵌在泥土里，我撬了半天，终于松动，正准备拿起来的时候，一只脏兮兮的大手抢先一步把它捏在手里。我缓缓抬起头，发现是一个身材高大的流浪汉，瞪着血红的眼睛看着我。我吓得一动不敢动，他突然伸出左手，死死捏住我的脸颊强迫我张开口，右手举着那片锋利的瓷砖。"吃下去，"他说，"吃了它。"

他的左手越捏越紧，我用力挥舞双手，脸颊通红，像只垂死的龙虾，他把瓷砖递到我的嘴边："很好吃的。"

我绝望地尖叫一声，然后看到你不知何时已经站在他的身后，恶狠狠地盯着流浪汉的后背，脸上只有恨意，没有恐惧。你缓缓举起手里的砖头，我吓得闭上眼睛。接着我听到一声哀号，是那个流浪汉发出来的，他的左手松开，我一下子跌在地上，不等我反应过来，你已经拉着我的手大踏步向前跑去。我什么都没想，大脑一片空白，眼前只有你瘦小坚定的背影。我们一直跑，跑到嘴里都是铁锈味，跑到凉鞋断了都没发现。夜幕低垂，路灯一盏盏亮起，我们对视一眼，这才大笑起来。

到了晚上我才开始后怕，你那么瘦小，举起砖头才到流浪汉的腰，要是你没打到他怎么办？要是他追上来怎么办？你明明也很害怕，手心都是汗，为什么还会毫不犹豫地引开危险，坚定地拉着我的手跑在前面？

总之那天晚上，我默默做了一个决定，我以后也要像你一样，在你遇到危险的时候，永远站在你的身前。

这是一个漫长的练习过程，请原谅我的两次胆怯，一次是小学毕业典礼，明明是我的灾难，最后却害你挨了打，我只会哭，但无法替你做什么，也不知该如何弥补。另一次就是初中那条小巷，尽管不知道是你，但我还是像个胆小鬼一样，躲起来祈祷正义降临。从那以后我知道，正义不会自己降临，它就在那里，需要我们勇敢靠近。

好在，我还是做到了。我本无野心对抗什么黑暗，只是不想让这些人和事继续腐蚀你的余生，我希望为你做一些事，让你可以像小时候一样无忧无虑。

只可惜，没法亲口告诉你了。

大海吐出一口气，沉重而炙热。我感到五官空前地敏锐，甚至提前闻到了夏末的气息，海水轻车熟路地漫延进这条木船的缝隙，海藻舒展漂荡，如同我投降的裙摆。海浪带来了死亡靠近的声响，奇怪的是，它并不刺耳，反而让我恍然有种漫步童年的错觉。窗户外卖豆腐的吆喝，拆糖纸的脆响，风扇吹动海报嬉戏，铁铲在热油里穿过，树影揉碎在日记本里的泪滴，孩子们互相追逐笑闹，夜幕降临在电线杆上，空中一片嘈杂，这些声音勾勒着我的生命纹路，模糊了记忆与幻想的结实壁垒，平凡而静寂。

这就是死亡吗？

我们想象过的"总有一天"，难道就是今天吗？

可是俞静，我好想活下去。如果现在给我力气离开这个船舱，我宁愿大病一场，失明失聪，断手断脚，我也想再次回到那个有温度的地方，余生当一个铺床单的、浇花的、缝扣子的、磨钥匙的人，而不是成为一句"可惜"、一场演讲、一个化名和一个数字。

但是你问我后悔吗？

俞静，以我对你的了解，今天之后的某些日子你一定会深深自责，反复追问，究竟在哪个节点停下脚步，可以让我不出现在这里。

倘若阻止我来这场同学聚会？倘若从一开始就不让我知道这件事？倘若高中没有和我重逢？倘若没有那一场在小巷的错肩？倘若不把刀片抵在迟成的脖子上？倘若五岁那年拒绝和我做朋友？倘若我们一出生便幸福、被爱、被保护，这一切是否就不会发生？此刻的我们或许正坐在离这里不远的沙滩上，聊着跟未来有关的事。

不，都不会。

回到任何一个节点，我们依然会做出和现在一样的决定，因为导致这一切发生的不是我们。所以，这一幕可能已经发生了无数次。但我有种盲目的乐观，觉得这个夜晚不会是整件事的句号，而是开端。我知道你会在接近真相的那一刻理解我此刻的心情，知道我即使对人间有着千般眷恋，也从未后悔成为那个站在你身前的人。终有一天，你的勇气会战胜悔意，因为你相信我，如同我相信你一样。

所以这就是死亡吗？不留余地，执着而缓慢地靠近，但会给你足够的时间去思考那些尚有遗憾的事。我想再吃一顿苍蝇街的烧烤，看完那个美剧的结尾，再看一次火烧云，再唱一首歌，或者去大学的古树下坐一坐。我忘记了和你说的最后一句话是什么，早知道那是最后一面，我或许会紧紧地抱住你，亲口告诉你要好好活着，永远不要难过。

但是死亡唯一的好处，就是即使再给我一次机会，我也想不出最完美的告别。所以这个时刻，我躺在这里，静静地接受大海把我所有的痛感一点点松开，木质篷顶的几道刻痕像一张微笑的脸。远处的跨海大桥上，一排整整齐齐的路灯亮着，它们眨着鱼鳞一样的眼睛，穿过逐渐厚重的海水，睡眼惺忪地与我告别。我突然记起你曾经说想当一盏路灯，多好啊！

你亮着，黑暗就缺了一块。

你熄灭，黎明就真的来了。

图书在版编目（CIP）数据

鱼猎 / 史迈著 . -- 长沙：湖南文艺出版社，2022.6

ISBN 978-7-5726-0682-3

Ⅰ . ①鱼… Ⅱ . ①史… Ⅲ . ①长篇小说—中国—当代 Ⅳ . ① I247.5

中国版本图书馆 CIP 数据核字（2022）第 069279 号

上架建议：小说·悬疑推理

YULIE
鱼猎

作　　者：史　迈
出 版 人：曾赛丰
责任编辑：匡杨乐
监　　制：毛闽峰
特约监制：刘　霁
特约策划：张若琳
特约编辑：孙　鹤
营销编辑：张艾茵　刘　珣　焦亚楠
封面设计：潘雪琴
版式设计：梁秋晨
插 画 师：壹零腾 OTEN
版权 & 联合出品：豆瓣阅读
出　　版：湖南文艺出版社
　　　　　（长沙市雨花区东二环一段 508 号　邮编：410014）
网　　址：www.hnwy.net
印　　刷：三河市鑫金马印装有限公司
经　　销：新华书店
开　　本：875mm×1230mm　1/32
字　　数：203 千字
印　　张：10
版　　次：2022 年 6 月第 1 版
印　　次：2022 年 6 月第 1 次印刷
书　　号：ISBN 978-7-5726-0682-3
定　　价：49.00 元

若有质量问题，请致电质量监督电话：010-59096394
团购电话：010-59320018